KB131953

이별의 아픔을 딛고 홀로 서는 데 매우 유익한 '교과서'

이별은 늘 고통스럽다. 그리고 그 고통은 매번 새롭고 아프다. 하지만 이 책과 함께라면 그 고통의 시간을 절반쯤으로 단축할 수 있을 것이다. 독일에서 인정받는 심리치료사인 저자는 이별의 아픔을 적절하게 다스리고 치유하는 데 획기적인 책을 펴냈다. 이 책은 자신이 버림받았다고 느낄 때 나타나는 다양한 감정과 열등감을 전문가적인 관점에서 분석하며 자가치유를 위한 확신을 심어준다.

파트너와 쌓아온 관계가 끝나면 그것에 매달리지 말고 새로운 방향을 정해야 한다는 것, 고통스러울 때는 자신의 감정을 부끄러워하지 말고 적극적으로 눈물을 흘려야 한다는 것, 갈등은 이별의 과정에서 나타나는 정상적인 현상이니 마음에 생기는 부정적인 감정을 억눌러서는 안 된다는 것, 이별의 상처로 인해 찾아온 변화가 자신을 내적 성장으로 이끈다는 내용 등은 때론 너무 냉정해 뜨끔하지만 반드시 필요한 조언이다. 우리는 누구나 이별을 체험한다. 하지만 맞서기 싫고, 고통스러운 그 체험과 당당히 맞설 때 비로소 내면에 잠재된 고유한 에너지원을 찾아낼 수 있다. 지금 이별의 아픔으로 고통과 절망감에 빠진 사람이 있다면, 이 책으로 당당하게 일어서길 바란다. 반드시 그렇게 될 것이다.

코린나 헤인, 아마존 서평 중에서

마치 마음 따뜻한 친구가 손을 잡아 이끌어주는 듯한 책이다. 저자는 이별과 이혼을 겪은 사람들이 심리적 아픔과 부담, 소모적 시간을 통제하고 점차 새로운 길을 발견할 수 있도록 전문가의 경험과 조언을 쏟아낸다. 그리고 독자들의 마음을 깊은 애정으로 살피고 안내한다. 명백하고 단순하면서도 당사자를 존중하는 다정한 말들은 자연스럽게 상처를 쓰다듬어준다. 누구나 한번은 겪게 되는 인생의 중요한 사건 앞에 매우 긍정적이고 유익한 조언을 주는 책이다.

⟨리제로테 디폴츠Liselotte Diepholz⟩

사랑하는 사람과 이별했거나 이혼을 경험한 사람들이 그 고통을 받아들이고 극복하여 새 삶을 찾도록 도와주는 각별한 책이다. 이 책은 단순히 '괜찮다'는 위로를 건네는 대신 이별의 단계가 시작되었음을 알려주는 다양한 신호와 태도를 점검하고 마음을 괴롭히는 전형적인 생각과 감정을 따라가며 치유의 과정을 함께 한다. 전통 심리학적 방식에 기반을 두고 독자들이 자신이 원하는 치유의 과정을 스스로 밟아가도록 배려한 것도 인상적이다. 또한 견고한 구성은 상실의 아픔을 겪는 모든 사람들에게 매우 실질적인 도움을 준다.

- 〈바바라 콘라디Barbara Conradi〉

이 책에는 저자의 탄탄한 전문지식(심리학, 사회교육학, 심리치료)을 바탕으로 다양한 상담과 체험이 가득하다. 저자는 이미 관계가 깨진 사례에 대해 이별의 당사자들이 자기분석을 해보도록 안내하며 격려를 아끼지 않는다. 또 그들이 겪게 될 심리적, 정신적, 물리적 위기상황과 징후에 대해서도 매우 전문적인 조언을 함으로써 긍정적인 변화를 시도하도록 용기를 북돋워준다. 독자들은 이 책을 통해 현재 자신이 겪는 해석 불가능한 감정의 동요와 행동을 이해하는 데 큰 도움을 받을 것이다. 이 책은 한 마디로 이별과 이혼의 아픔을 딛고 홀로 서는 데 매우 유익한 '교과서'이다. 그래서 이 책이 당장 필요한 사람은 지금 이별의 고통을 겪고 있는 사람들이겠지만, 상담을 업으로 삼거나 심리치료를 하는 전문가들에게도 큰 도움이 될 것이다.

- 〈모니카 바우어Monika Bauer〉

다시 혼자가 된 당신에게

다시 혼자가 된 당신에게

기나 케스텔레 지음 · 황미하 옮김

디자인
라이프

사랑을 보내고
홀로 남은 모든 이들을 위하여

어두운 밤길은 지나야 새벽빛을 맞는다.
- 칼릴 지브란

요즘은 연인간의 이별은 물론 이혼도 흔히 겪는 일이 되었습니다. 사랑하던 사람과 헤어진 지 얼마 되지 않았다면, 아마 이책이 이별의 아픔을 딛고 현실을 직시하는 데 큰 도움이 될 겁니다. 애인과 얼마나 오래 사귀었든, 배우자와 얼마나 오래 살았든, 그 관계의 깊이와 기간과는 무관하게 이별은 늘 고통스러운 경험입니다. 이 가슴 아픈 과정 곳곳에서 감당하기 힘든 감정들이 불쑥불쑥 나타나곤 하지요.

헤어지는 단계에 이르면 먼저 관계에 대해 불확실한 마음이 들고 슬픔과 절망감이 밀려옵니다. 미래는 지극히 불안해 보이고, 그러다 보니 부정적인 생각만 커집니다. 본인의 잘못으로 이별에 이르렀든, 아니면 상대방이 이별의 빌미를 제공했든, 당신은 우울하고 불안한 마음을 감추지 못하고 어찌할 바를 모릅니다. 자신이 한없이 무력한 존재라고 여겨지기도 하겠지요. 그동안 상대에게 너무 소홀했다는 생각에 죄책감에 시달리기도 합니다. 심지어는 관계가 깨진 원인을 자신에게만 돌리며 모든 것을 혼자 책임지려는 경우도 있습니다.

이별은 그 이별을 경험하는 사람들에게 상반된 감정과 생각을 동시에 불러일으키는 위기 상황입니다. 자신이 처한 상황을 냉정하고 객관적으로 관찰하는 단계, 혼자서는 상황을 직시하지 못하겠다며 부정하고 좌절하는 단계가 끊임없이 엇갈립니다. 이별 뒤에 따라오는 이런저런 어려움이 산 너머 산처럼 위협적이고 감당할 수 없을 듯 여겨집니다.

헤어질 시점에 이르면 생각이 많아지고 감정 소모가 심해집니다. 새로이 살 곳을 알아봐야 한다면 경제적 손실을 감수해야 하니 부담은 더욱 커지겠지요. 이혼할 때는 대개 법적 분쟁이 따르기도 합니다. 이렇듯 삶이 힘겹고 마음이 부대낄 때면 친구들이 때로 유익한 조언을 하기도 하고 위로를 해주기도 하지만, 위기에 덮치는 여러 가지 감정을 오래 공감하거나 물질적 도움을 줄 때는 대체로 지나친 요구를 하기도 합니다.

새로운 환경을 극복하려면 당신에게는 익숙지 않은 새로운
능력이 필요합니다. 앞으로의 생활은 지금까지와는 많이 다를 겁
니다. 예전에는 그처럼 익숙지 않은 삶의 방식을 상상하지도 꿈
꾸지도 않았겠지요.

다음에 열거된 항목 가운데 몇 가지가 당신에게 해당한다면,
이 책이 크게 도움이 될 겁니다.

- 이별과 그 결과에 대한 생각이 끊임없이 머릿속을 맴돈다.
- 자신감이 사라지고, 무엇이든 혼자서 하는 것은 아무런 가치
  가 없다는 생각이 든다.
- 술을 과하게 마시거나 약물에 의지해 흔들리는 마음을 달랜다.
- 자살하고 싶은 마음이 생긴다.
- 떠나버린 애인을 되찾기 위해 필사적으로 매달린다.
- 떠나간 이가 새로 맺은 관계에 대해 분노와 복수심이 솟구
  친다.

위로받기 사랑하는 심장에게 편지 쓰기 불안과 정면으로 대결하기 상처 준 사람을 용서하기 부정적인 생각을 밀어내고 깊은 잠 자기 '내면의 아이' 만나기 슬픔을 받아들이기 상처 입은 심장을 치유하기 공놀이하듯 감정을 제어하기 유리벽으로 보호막 만들기 자신을 갉아먹는 분노를 터트리기

Chapter 01

이제 당신은 어렵고 힘겨웠던 관계에서 빠져나와

불확실한 미래 앞에 다시 혼자 섰습니다.

잃어버린 사람,
잃어버린 길

이별은 마치 마음속으로 해약을 통보하는 것과도 같습니다. 한동안 마음을 다해 사랑했던 두 사람이 등을 돌리고 이제 더는 서로를 이해하지 못합니다. 사랑한다고 철석같이 믿어왔던 사람이 전혀 달라 보이고, 예전에는 상상조차 할 수 없었던 행동을 합니다. 함께 꾼 꿈들이 산산이 조각나버렸습니다.

당신은 한 사람을 깊이 신뢰하여 인연을 맺었습니다. 그 사람과 멋진 미래를 설계하고 평생 함께하기를 바랐습니다. 모든 비극이 그렇듯 처음에는 눈치채지 못할 정도로 상황이 서서히 변하기 시작합니다. 달콤한 사랑의 밀어가 점점 뜸해지더니 급기야 침묵하기에 이릅니다. 상대방에 대한 관심이 서로 줄어들고,

당신의 짝은 당신의 기대와는 달리 행동하며, 점점 더 즐겁게 어울리기가 어려워집니다. 상대방에게서 점점 마음에 들지 않는 면이 보이고, 어떻게 대처해야 할지 알 수 없는 행동을 하기 시작합니다.

이별이나 이혼을 생각하기 전에 당신도, 그/그녀도 어긋난 관계를 되돌리기 위해 충분히 노력을 기울였을 겁니다. 서로 대화를 나누며 맞지 않는 부분을 좁혀보기도 하고 때로는 지혜롭게 침묵하며 갈등을 해결하려고 노력했겠지요. 때로는 공격적인 상황을 어떻게든 피해보려고 애쓰기도 했을 겁니다. 서로 기를 쓰고 자기 생각을 관철하려다 보면 다투는 일도 생기기 마련입니다. 그럴 때면 당신은 밖으로 도피하여 친구들에게서 위로를 받거나 그 친구들과 똘똘 뭉쳐 당신의 짝과 대결했을지도 모릅니다.

그런데도 그 관계는 돌덩이처럼 점점 더 무겁게 마음을 짓누르고, 당신은 마치 풀리지 않는 숙제를 마주하고 있는 느낌이 들겠지요. 머릿속에는 온통 이별과 이혼, 그리고 그에 뒤따르는 긍정적·부정적 결과만이 맴돌 뿐입니다. 마침내 어느 한 사람이 일방적으로, 또는 합의하에 지금까지 쌓아온 관계를 그만 끝내기에 이릅니다. 이제 당신은 어렵고 힘겨웠던 관계에서 빠져나와 불확실한 미래 앞에 다시 혼자 섰습니다.

잃어버린 사람, 13
잃어버린 길

Chapter 02

이별과 이혼은 지금 당장은 쓰라리고 아픈 경험일지라도,

잘 겪어낸다면 그 쓰라린 경험이 언젠가는

의미 있게 여겨질 날이 올 것입니다.

새 인생의
주연이 된 당신에게

이제, 당신의 인생이 달라졌습니다! 그림으로 표현해볼까요. 거친 파도에 끊임없이 떠밀려가는 망망대해의 조그마한 쪽배. 당신은 그 안에 있습니다. 당신의 짝이 원해서 헤어졌다면, 이제 그가 당신이 타고 있는 배의 닻을 내려주기를 바라서도, 그 사람과 다시 함께 있고 싶다는 기대를 가져서도 안 됩니다. 한번 떠난 사람은 다시 돌아오지 않으니까요. 이제 당신이 직접 파도를 타고 미지의 바다를 표류해야 합니다. 무엇보다 자신이 위급한 사태에 처했다는 사실을 분명히 인식해야 합니다.

이제 당신은 '새 인생'을 향해 한 걸음 한 걸음 나아가야 합니다. 믿고 의지했던 사람을 깨끗이 정리하는 일은 마치 험준한 산을 오르는 것과 같습니다. 산 아래에 서서 눈앞에 놓인 가파르고 좁은 길을 보면, 과연 끝까지 올라갈 수 있을지 의혹이 일 것입니다. 하지만 그 길 곳곳에서 당신은 더 많은 것을 발견할 수 있습니다. 물론 힘겹고 긴장되는 구간도 더러는 있겠지요. 어디로 발을 내디뎌야 할지 망설여지는 순간도 여러 번 있을 겁니다. 하지만 그것은 충분한 가치가 있는 일입니다. 한 걸음 한 걸음 위로 올라가다 보면 언젠가는 정상에 도달할 테니까요. 그때 비로소 정상에 서서 주변의 산들과 계곡 아래 펼쳐진 아름다운 전경을 바라보며 희열을 맛보게 되겠지요.

당신이 떠나간 사람에 대한 생각과 감정을 정리하는 일도 이와 같습니다. 거리를 둘 때 상황이 새롭게 보이는 법입니다. 거리를 두고 되돌아보면 관계가 어긋난 원인이 무엇이었는지 더욱 확연하게 볼 수 있습니다. 지금은 헤어진 아픔 때문에 몹시 괴롭고 힘들지만, 시간이 지나면 방향을 새롭게 정하고 다시 일어설 것입니다. 시작할 때 길이 열리고, 새로운 기회가 주어지는 법입니다.

미래로 떠나는 여행

이 책의 전반부에서는 이별과 이혼의 진행 단계를 이해하고 그 원인을 규명해보고, 또한 자신의 생각과 감정을 더욱 잘 받아들이고 정리할 수 있도록 안내합니다. 후반부에서는 이별의 고통을 잘 이겨내고 새로운 방향을 정하며, 결별로 인해 상실된 자신감을 회복하고 내면의 에너지에 접근하는 길로 당신을 초대합니다. 당신이 자신의 생각과 감정, 반응 유형에 대해 숙고하는 데 큰 도움이 되리라 생각합니다.

당신이 겪고 지나가는 상황이 어렵고 힘들수록, 그것은 당신에게 새로운 발견과 내적 성장의 기회가 될 것입니다. 이별과 이혼은 지금 당장은 쓰라리고 아픈 경험일지라도, 잘 겪어낸다면 그 쓰라린 경험이 언젠가는 의미 있게 여겨질 날이 올 것입니다.

이별은 자기 성찰과 내적 성장, 새로운 기회가 주어지는 과정이다.

인생은 미래를 향한 여행이다.

'새로운 길'의 동행, 일기장

이별과 이혼은 별 한 조각 뜨지 않은 캄캄한 밤을 통과하는 일에 비유할 수 있습니다. 지금은 온통 부정적인 생각만 들겠지만, 앞이 보이지 않는다고 해도 언젠가는 새벽빛이 밝아옵니다. 첫새벽이 오면 다시 주변 사물들이 보이고, 자신이 가고 싶은 길을 선택할 수 있습니다.

아직 확신하기 어려운 길을 가는 당신이 짊어진 배낭에는 새로운 여정의 기록을 담을 일기장도 들어 있어야 합니다. 새 일기장에는 당신의 마음속에 숨어 있는 희망과 불안, 두려움에 대해 적을 수도 있고, 사랑하던 사람과 헤어진 과정을 기록하며 추적할 수도 있습니다.

이제 일기장이 당신의 동행이 되어 외로울 때 위로해줄 겁니다. 일기를 쓰면서 떠나간 사람과 함께 보낸 시간을 떠올릴 때마다 나타나는 생각과 감정을 잘 정리해보십시오. 일기를 쓸 때는 자신에게 일어난 일을 빠짐없이 기록하는 것이 좋습니다. 현재 당신이 애인과 헤어지는 과정에 있거나 배우자와 이혼 절차를 밟고 있다면, 일기를 보며 자신이 지금 어느 단계에 와 있는지를 더욱 분명히 알 수 있으며, 그에 따라 강하게 대응해야겠다는 결심도 설 것입니다.

일기를 계속 쓰고 다시 읽으려면 노트가 있어야겠지요. 잠시 시간을 내어 마음에 드는 노트를 마련하십시오. 이 작은 노트가 당신이 앞으로 걸어갈 새로운 삶에 관해 적을 일기장입니다.

일기장에 당신의 이름을 쓰고 첫 장에 '새로운 길'이라고 적으십시오. 다음과 같은 내용으로 문장을 시작하면서 결심을 굳히십시오.

나(당신의 이름)는 그 사람(짝의 이름)과의 관계를 정리할 준비가
되었다.
혹은
나(당신의 이름)는 내 삶을 새롭게 설계할 준비가 되었다.
혹은
나(당신의 이름)는 새로운 길을 향해 마음을 활짝 연다.

위 문장들은 예시에 불과합니다. 당신이 직접 자신에게 맞는
문장을 구상하여 쓰면 됩니다.

일기장에 기록한 글을 읽으면 이별과 이혼에 따른 여러 가지
감정을 다스리는 데 큰 도움이 될 겁니다. 지금까지 품어온 소망,
짝에 관한 생각을 정리하는 것은 매우 중요합니다. 그리고 앞으
로 혼자 걸어갈 새 길을 기쁜 마음으로 닦는 일 역시 중요합니다.
'새로운 길' 일기장이 잠시 이해심 깊은 짝의 역할을 할 수 있습
니다. 떠오르는 온갖 생각과 감정을 받아들이고 일기장에 털어놓
으십시오.

Chapter 03

모든 관계는 유년의 상처와 결핍을 극복할 수 있는

새로운 계기입니다.

그렇지만 과거의 갈등이나 상처가 되살아나는

계기가 되기도 합니다.

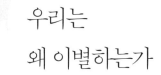

우리는
왜 이별하는가

관계를 맺고 산다는 것은 서로 갈등을 겪기도 하고, 또 그것을 견뎌낸다는 뜻이기도 합니다. 연인이나 부부 사이에는 대립이 생기기 마련입니다. 그러나 충돌한다고 해서 관계가 당장 끝나는 것은 아닙니다. 헤어지는 데는 늘 많은 요인이 작용합니다.

연인이나 부부 사이는 소원이나 이상으로 서로 연결되어 있습니다. 관계에 대한 근본적인 기대가 충족되지 않고 정서적 욕구가 충분히 채워지지 않을 때, 지금까지 유지해온 관계를 끊고 싶은 마음이 더욱 커집니다. 직장에서 스트레스를 받다 보면 상대방에게 바라는 것이 새롭게 생기기도 합니다. 서로에게 바라는 기대가 더 이상 충족되지 않고 불화가 쌓여가면 지금까지 생긴

과도한 요구에 새로운 요구들이 쌓일 수 있습니다. 업무상 스트레스가 높아지면서 사랑하는 사람에게 기대고 싶은 마음이 들고, 이해와 따뜻함, 애정 등의 정서적 욕구를 채우고 싶은 바람이 생깁니다. 여기서 나온 과도한 요구가 두 사람의 관계에 무거운 짐을 지우다가 이별로까지 몰고 갈 수 있습니다.

이제 이별과 이혼을 초래하는 원인을 살펴볼 것입니다. 이 중에서 어떤 원인 때문에 결정적으로 이별을 겪게 되었는지 진단해보십시오. 이렇게 점검해보면, 관계가 깨진 원인을 새로운 각도에서 바라볼 수 있을 겁니다.

달라지는 관심사, 관계의 적신호

두 사람이 처음 사귄 때를 기억합니까? 두 사람에게는 어떤 공통점이 있었나요? 취미가 같았습니까? 여가 시간을 함께 보내기를 좋아했습니까? 대화가 잘 통하고, 관심을 갖는 분야가 같았나요? 부부관계도 좋았고 만족했습니까? 혹은 가정을 이루기 위해 서로를 구속하고 받아들이는 일이 그저 소망에 그치고 말았습니까?

부부나 연인이 되면 당연히 두 사람을 이어주는 끈이 과연 무엇인가, 하는 물음을 던지기 마련입니다. 관계가 오래 지속될수록 연애 초기에 품었던 관심이 바뀌고 좋아하는 것이 새로 생길 확률이 더욱 커집니다. 공통 관심사나 공통점이 줄어들고 여태껏 함께한 면들을 비판적으로 되물을 때가 되면 서로 다른 길을 걸어갈 수 있습니다. 5년 전이나 10년 전만 해도 두 사람에게 특별한 의미를 지녔던 많은 일에 이제는 흥미를 잃을 수 있습니다. 변하는 사람은 비단 상대방만이 아닙니다. 세월이 흐르면서 당신도 변합니다! 둘이 함께한 삶에서 관심과 가치를 두었던 부분들이 달라졌음을 조금씩 느끼는 시기가 왔습니다. 두 사람이 현재 어떤 상황에 처했는지 파악하고, 관계를 다시 정립할 시점에 이른 것입니다.

막스에게 첫눈에 반한 마리아는 스물세 살에 결혼했다. 축구 경기장에서 알게 된 두 사람은 아이가 생기기 전까지만 해도 시합을 놓친 적이 없었다. 그러나 마리아가 서른 살에 임신하면서 라이프 스타일이 달라졌다. 마리아는 축구에 대한 관심이 시들해지고 이듬해 유아복 매장을 열었다. 결혼한 지 10년 만에 두 사람은 이혼했다. 이미 몇 년 전부터 저녁 시간이나 주말을 함께 보내지 않았기에, 가정이 부담스러운 의무 공동체로만 여겨지면서 결국 헤어진 것이다.

이 사례를 보면, 막스도 마리아도 달라진 상황 앞에서 제대로 대처하지 못했음이 분명합니다. 아이가 태어나면서 직업과 취미에 대한 관심도 바뀐다는 점을 미처 깨닫지 못한 것이지요. 두 사람은 함께 보내는 시간이 줄어들고 삶의 목표와 관심사가 서로 다르다는 이유로 헤어지고 말았습니다.

이별한 사람들의 사례를 보면, 위와 같은 상황이 빈번히 나타납니다. 지금까지 억눌러온 소망과 욕구들, 예컨대 예전에 계획했지만 결혼이나 연애 때문에 포기했던 세계 여행의 꿈이 다시 떠오를 수 있습니다. 사랑과 믿음 같은 긍정적인 감정이 줄어들면, 서로가 공유하는 부분이 적다는 불만이 생기게 되고, 그러면서 결혼이나 연애 때문에 포기하고 못 해본 것을 해볼 마음이 생기겠지요.

자기를 실현하고 싶은 소망, 미래의 삶에 대한 소망이 계속 표류합니다. 그러다가 둘 중 하나가 마침내 일어나 그동안 놓쳐버린 꿈을 되살리려 합니다. 그는 지금까지 익숙한 것에 등을 돌리고 막다른 골목에서 벗어나려 합니다. 이 단계에서 그동안 놓쳐버린 부분을 다른 사람과 함께 시도하는 일이 종종 발생하기도 합니다. 현재의 힘든 관계를 지속하느니 차라리 여태껏 억눌러온 소망이나 묻어둔 꿈을 실현하는 편이 더 낫겠다고 여겨질 때, 마침내 오래 쌓아온 관계는 파국에 이릅니다. 이런 관계는 당장 끝나지 않는다고 해도 같은 길을 걸으며 서로 의지했던 두 사람이 소원해지고 평행선을 걸을 뿐이겠지요.

- 정확히 어떤 상황일 때 그동안 공유해왔던 부분이 줄었습니까? 두 사람은 어떻게 대처했나요?
- 상대방이 과거에 이루지 못한 꿈에 도전하고 싶다는 마음을 당신에게 암시했습니까?
- 당신이 관계를 유지하기 위해 포기했던 것은 무엇입니까? 이제는 어떤 소망을 적극적으로 이룰 수 있나요?

상대방과 관계를 지속하면서 과거에 지녔던 꿈이 다시 떠오른다면, 부부 관계와 연인 관계의 긍정적인 면에 감사하는 마음은 줄어든 것이다.

이제 나는 내 소망과 과거의 꿈을 이룰 수 있다.

당신과 비슷한 관심을 지닌 사람들과 관계를 쌓으십시오. 그들과 교류하며 외로움을 덜고 위안을 얻을 수 있습니다.

과거로부터 출몰하는 유령

박물관. 당신은 지금 아프리카 예술품 코너에 서 있습니다. 이 건물에는 남아메리카 토기나 인도의 상아 조각품, 중국 도자기가 전시된 공간도 있습니다. 같은 건물 어딘가에는 창고도 있어 먼지 먹은 서류들이 보관되어 있고, 어딘가에는 쓰레기통도 놓여 있습니다. 당신은 그때그때 어느 한 공간에만 머물 뿐, 동시에 여러 곳에 있을 수는 없습니다. 하지만 위에서 언급한 공간들은 당신이 방문한 건물 안에 있습니다.

애인과 배우자와 맺은 관계도 이와 똑같습니다. 당신은 두 사람이 처음 만났을 때 서로 탐색하고 싶었던 공간으로 들어갑니다. 당신은 상대방의 강점과 능력은 물론 약점과 무능력도 차츰 알게 됩니다. 함께 시간을 보내면서 상대방이 스트레스를 어떻게 푸는지 알게 되고, 어려운 상황이 닥치면 어떤 식으로 대처하는지도 파악합니다. 상황이 좋아진다면, 그동안 오해와 대립으로 빚어진 불편한 관계를 새롭게 재구성할 수 있습니다. 오해를 대화로 풀면서 아름답고 새로운 관계로까지 발전하기도 합니다.

그러나 상황이 악화되면 서로 팽팽하게 맞서다가 서로의 약점이 들춰지고 싸움이 계속됩니다. 당신은 '지하 창고'로 내려가 자신의 그림자뿐만 아니라 짝의 그림자와도 대결합니다. 어두운 내면이 열립니다. 평소에는 굳게 닫혀 있던 내면으로 들어가는 문이 드디어 열린 것입니다. 상대방은 자기 방식대로 갈등에 대처하면서도 당신이 퍼붓는 비난에는 분을 참지 못합니다. 당신은 이미 상대방을 그런 사람이라고 단정하거나 부담스러워 하겠지요.

당신이 결혼했다면, 배우자가 아직 떨쳐내지 못한 과거의 습관이 눈에 보입니다. 그/그녀의 사사로운 약점과 결함도 알게 됩니다. 이런 면은 배우자의 불우한 유년기 경험이나 부모와 풀지 못한 문제들, 또는 그 밖의 다른 체험에서 기인한 것으로, 그/그녀의 삶 전체에 걸쳐 또렷이 드러납니다. 당신도 지난날 짊어졌던 무거운 짐 때문에 관계를 개선하는 방향으로 나아가지 못할 수 있습니다. 상대방의 부정적인 면은 물론 긍정적인 면도 보이지 않게 되고, 타협할 마음도 사라집니다. 서로 다른 시각과 행동 패턴으로 대립이 거듭되면서 두 사람의 관계에서 무언가 잘못되었다는 생각이 들 수 있습니다. 갈등의 원인을 관계 자체에서 찾지 않을 때, 그리고 과거의 부정적인 경험을 극복하지 못했을 때, 특히 그렇습니다.

> 니클라스는 아내 클라라가 밤에 고객이나 사업 파트너들과 만날 때마다 자제력을 잃는다. 아내가 그들과 어울리면서 희롱당하는 장면을 생생하게 그려보며 안절부절못한다.
> 클라라는 이혼하고 싶어 한다. 하루 종일 직장에서 시달리다가 집에 돌아와 다시 남편의 질투에 시달리는 상황을 더는 배겨낼 수 없기 때문이다.

이 사례는 니클라스가 과거의 풀리지 않은 갈등과 대립하고 있음을 잘 보여줍니다. 그의 아버지는 권위적이고 질투가 심하며 기분 내키는 대로 행동하는 남자로, 어머니를 자유롭게 놔두지 않았던 것입니다.

두 사람이 갈등을 해결하는 방법은 부모가 어려움에 직면하여 이겨낸 방식과 밀접하게 관련되어 있습니다. 부부 관계는 각자 어릴 적 목격한 부모의 결혼 생활에 영향을 받습니다. 두 사람 모두 각자 자라온 가정에서 비롯된 관계에서 자유로워질 때 비로소 사이가 개선될 수 있습니다.

처음 사귈 때 두 사람은 분명히 서로에게 호의를 품었을 것입니다. 상대방의 좋은 점에 반하고, 눈이 멀어 단점은 보이지도 않습니다. 그러다가 시간이 어느 정도 지나면 미몽에서 깨어납니다. 상징적으로 표현하자면 두 사람 모두, 또는 어느 한쪽이 '지하 창고'로 내려가 있는 것이지요. 심장을 두근거리게 하던 상대방의 그 좋은 면들이 더는 보이지 않습니다. 풀리지 않은 갈등들이 일상을 지배하기 때문입니다. 이제는 관계를 원만히 유지할 수 없을 것처럼 보입니다. 싸울 때면 두 사람 모두 관계에 나쁜 영향을 미치는 과거의 똑같은 경험에 근거하여 반응합니다.

크게 실망한 당신은 조만간 헤어지려고 합니다. 상대방의 사고방식과 행동 방식이 짐스러워지면서 마침내 관계를 정리하겠다고 결심합니다. 새로운 사람을 만나 다시 일어서기 위해 '그림자'를 뒤로 하고 돌아서려는 마음이 들면 이제 관계는 산산이 깨져버립니다.

케빈과 수지는 결혼한 지 1년 6개월 만에 헤어졌다. 수지가 임신을 했는데도 말이다. 두 사람은 처음 만나고 몇 달 동안은 서로 사랑했으며, 상대방이 운명의 짝임을 믿어 의심치 않았다. 수지는 케빈이 다정다감하면서도 이성적인 남자라고 여겼고, 케빈은 수지가 그지없이 자랑스러웠다. 빼어난 외모에 직장 생활도 잘했기 때문이다.

그러나 얼마 지나지 않아 하나둘 문제가 생기기 시작했다. 수지가 직장에서 교육을 받게 되면서 케빈이 돌변했다. 수지가 남자들에게 둘러싸여 지낸다고 비난을 퍼부으며 그들과의 관계를 당장 끊으라고 강요한 것이다. 자기보다 직장을 계속 앞세우면 집을 나가버리겠다며 으름장을 놓기도 했다.

케빈은 수지와 헤어진 뒤 심리치료를 받으며 이별의 원인이 자신에게 있었다는 사실을 깨달았습니다. 자신을 성공한 친형과 늘 비교한 것입니다. 형에게 품었던 감정을 함께 사는 아내에게 전이한 것이지요. 이 남성이 보인 행동과 반응은 모두 열등감에서 비롯했습니다.

자가 테스트

- 당신의 역사를 되돌아보십시오! 연인이나 배우자와 다툴 때 과거의 어떤 가슴 아픈 경험 때문에 적절히 대처하지 못했는지

살펴보십시오.

- 당신의 짝이 과거의 어떤 굴레에 얽매여 결국 두 사람이 헤어지게 된 것인지, 그/그녀의 편에서도 헤아려보십시오.

진리

연인, 부부 간에는 각자 자라온 가정환경에서 비롯한 갈등들이 무의식중에 작용한다.

좋은 생각

나는 과거의 해로운 관계 유형에서 벗어날 수 있다.

권고

고통스러웠던 지난날에서 벗어나 안정을 취할 만한 공간을 떠올려보세요. 상상 속에서 그 공간을 마음껏 꾸며보는 것입니다. 벽난로를 만들어 따뜻하고 아늑한 분위기를 느껴보거나 아름다운 그림을 걸어놓고 감상하며 힘과 위로를 얻을 수도 있습니다.

대화 단절, 관계 파탄의 주범

두 사람의 관계가 좋을 때는 끊임없이 소통합니다. 그러나 티격태격 다툴 때는 상대방의 불확실한 면을 꼬집게 되고 의혹이 일며 혼란스러워집니다. 그 결과 서로 오해가 싹틉니다. 갈등이 생기면 진지하게 대화하며 해결하려는 적극적인 노력이 필요한데, 대화에는 먼저 두 사람의 의지가 전제되어 있어야 합니다. 시간을 두고 불화를 해결하고 새로운 길을 모색하면서 두 사람 모두 수용할 만한 타협에 동의하겠다는 의지 말입니다.

서로 소통이 부족해지면 함께 있어도 경직되고 활기가 없어집니다. 갈등이 생겨도 말하지 않고, 어려운 일이 생겨도 입을 꼭 다뭅니다. 불쾌한 감정이 마음을 억눌러 현실을 제대로 바라보지 못합니다. 말로 표현되지 않고, 따라서 해결되지 않은 부분은 막강한 힘으로 관계에 악영향을 미칩니다. 흡사 불에 그을리듯, 표현하지 않고 제쳐둔 문제들은 잠재의식에 영향을 미칩니다. 이런 문제들이 쌓이면 서로 마음의 거리가 멀어지고, 지금까지 상대방에게 품었던 좋은 감정은 사라집니다. 거기서 생긴 불만을 계속 토로하지 않으면 두 사람의 관계는 소원해집니다. 분위기는 점점 더 답답해지고, 대화는 어쩔 수 없이 꼭 필요한 경우에만 이루어집니다.

두 사람은 여전히 부부 관계나 연인 관계를 유지하지만, 사이는 점점 더 멀어져만 갑니다. 서로에게 털어놓지 못하는 은밀한 생각과 비밀이 가슴속에 쌓여가면, 결국 대화가 단절되고 각자의 내면으로 들어가는 불편한 관계가 이어집니다. 인생의 동반자요 사랑의 짝이었던 이들이 감정의 문을 닫았습니다. 마음은 딱딱하게 굳어가고 서로에게 감정을 표현하지 않습니다. 서로 증오하고 침묵하고 발뺌합니다. 결국 신체적·정신적·영적 교류는 꼭 필요한 경우에만 하게 되지요.

크리스는 남편 토비가 몰래 술을 마시기 시작했다는 사실을 알게 되었다. 그러나 그 일로 남편과 대화하기가 두려웠다. 어려운 일은 되도록 피하고 싶었던 것이다. 토비가 술을 마신 까닭은, 둘째 아이가 태어난 뒤로 아내와 육체관계를 맺을 마음이 사라졌기 때문이다. 기회가 있을 때마다 이 문제에 대해 아내와 대화하려고 시도했지만 번번이 허사로 돌아갔다. 크리스가 매번 피하며 화제를 딴 데로 돌린 것이다.

이런 경우에는 상황이 악화되면 갈등이 있어도 표현하지 못하는 관계를 끝낼 마음으로 헤어지려고 할지도 모릅니다. 힘든 관계에서 벗어나고 싶다는 마음이 들었다면, 외적 이별은 시간 문제에 지나지 않습니다. 두 사람은 적절한 때를 기다렸다가 갈라서야 합니다. 예컨대 자녀가 예민한 사춘기를 지나 마음의 준비를 할 수 있을 때까지는 기다리는 것이 좋습니다.

자가 테스트

양쪽 모두 혹은 어느 한쪽이 둘 사이에 생긴 문제를 풀기 위해 무던히 노력한 단계가 분명 있었을 겁니다. 당신은 감정적 교류가 사라지고 난 뒤에 어떤 결과를 선택했습니까? 그런 결과를 낳은 원인을 다섯 가지 이상 찾아보십시오. 당신이 취한 태도에 대해서도 살펴보십시오. 그 과정에서 어떤 감정이 엄습했습니까? 그/그녀의 반응을 그저 수긍하고 침묵으로 일관했습니까? 아니면 이별까지 하게 되는 사태는 피하려고 필사적으로 노력했나요? 당신의 노력이 실패한 것을 어떻게 해명하겠습니까?

진리

소통 부족이야말로 관계를 깨뜨리는 주범이다.

좋은 생각

나는 다른 사람들과 교류하며 활력을 되찾을 것이다.

경고

떠나간 사람에게 편지를 쓰십시오. 두 사람의 관계에서 억누르고 감춰왔던 문제들을 되도록 구체적으로 적으십시오. 쓴 편지를 실제로 부칠 수도 있고 자가 치유의 한 과정으로 끝낼 수도 있습니다. 감정이 자유롭게 흘러가야 비로소 정신적 갈증이 해소될 수 있습니다.

삶은 갈등의 불씨가 산재한 지뢰밭이다

둘이 함께 살다 보면 익숙한 생활 주기가 만들어집니다. 아침에 눈을 뜨면 같이 아침을 먹고, 쇼핑도 여행도 같이 다니고, 저녁이면 함께 TV 드라마나 뉴스를 보면서 하루를 마감합니다. 일상을 함께 나누는 것입니다. 두 사람의 관계는 마치 소우주와도 같습니다. 똑같은 환경에서 생활하며 일정한 리듬에 익숙해진 것입니다. 그렇게 함께 살아왔건만, 이제는 삶이 달라졌습니다. 그동안 몸에 밴 생활 주기가 바뀌고 냉혹한 현실 앞에서 두 사람은 이별이라는 앞이 보이지 않는 강을 건넙니다.

오랜 실직과 이에 따른 경제적 손실, 전직과 이사, 배우자의 질병, 출산 등의 크고작은 일들이 일어나면서 결혼 생활이 크게 달라지는 경우가 흔히 있습니다. 이렇듯 달라진 상황 앞에서 두 사람은 서로 다르게 반응합니다. 상대방에게 의지하지 않고 각자 자신만의 방식으로 바뀐 상황에 대처해나갑니다.

여기서 한 가지 물음을 던지지 않을 수 없습니다. 두 사람이 함께 달라진 현실을 받아들이고 그에 따른 도전에 응할 수 있는가? 대부분은 변화에 자극을 받고 지금까지 품어왔던 목표를 향해 나아갑니다. 그 과정에서 새로운 방향을 정립하는 일이야말로 진정한 도전이 될 수 있습니다. 아마도 자녀 육아 문제가 적절한 예가 되겠지요. 자녀 교육관이 서로 다르면 갈등의 불씨가 되기도 합니다. 그 문제에 온통 힘을 빼앗기다가 결국 지치고 맙니다. 이런 갈등은 정상적인 것이며, 따라서 피하기가 어렵습니다. 참고 견뎌야 합니다. 책임을 얼마나 다할 수 있느냐는 부부가 함께 배워나가는 과정에 달려 있습니다. 힘에 겨운 요구에 대처하는 가운데 관계가 안정되기도 하고 해체되기도 하는 것입니다. 문제는 이것만이 아닙니다. 친부모, 시부모, 장인 장모, 형제자매들도 갈등의 불씨가 될 수 있습니다. 사례를 하나 살펴보겠습니다.

이보와 카트야는 결혼한 지 8년 된 부부로, 세 아이와 함께 시어머니 집에서 살았다. 그러나 어머니가 요양원에서 치료를 받게 되면서 사정이 달라졌다. 시어머니가 아이들을 보살필 수 없게 되자, 카트야는 사표를 내야 했다. 지금까지 미술관에서 큐레이터로 일하며 나름대로 보람을 느꼈는데, 결국 직장을 그만둔 것이다. 가족은 휴가는 물론이고 주말 나들이마저 더는 즐기지 못했다. 카트야는 달라진 상황과 관계에 적절히 대처하기 어려운 나머지, 신경안정제 같은 약물을 복용하기까지 했다. 1년 뒤에는 병원 치료까지 받는 신세가 되었다.

이 부부는 달라진 상황을 직시하고 주어진 현실을 감내하는 법을 배워야 했습니다. 또 슬기롭게 선택하여 가족 구성원 모두 어려운 상황을 참고 헤쳐나가는 방법도 익혀야 했습니다. 위 사례를 보면, 가정이 해체되지는 않았지만 카트야가 약물의 도움을 받으면서 결국 자녀뿐만 아니라 부부에게도 심각한 영향을 미쳤음이 드러납니다.

시간이 흐르면서 관계가 크게 부담스러워지고 제한되었다고 여겨지면 그 결핍을 수용할 마음이 줄어듭니다. 함께 사는 것보다 혼자 사는 편이 더 나아 보입니다. 짐스럽고 갈등투성이인 관계를 지탱해야 할 이유가 줄어들면 헤어질 가능성이 높아집니다.

- 부부 사이 또는 연인 사이에서 당신에게 지나친 부담을 주게 된 사건이 있었습니까? 예컨대 경제적 문제를 생각해볼 수 있고, 재혼한 경우라면 예전의 관계에 대한 의무 따위를 생각해볼 수 있습니다.
- 배우자나 연인의 어떤 특성이 견디기 어렵고 부담스러웠습니까? 예컨대 갈등이 생기면 말보다 먼저 폭력을 쓰는 경향이 있었나요?
- 배우자나 연인이 어떤 종류의 부담을 가장 쉽게 견뎌낼 수 있었는지 생각해보십시오.

진리

과도한 요구는 두 사람의 관계에 무거운 짐을 드리운다.

좋은 생각

나는 과거의 멍에를 내려놓았다. 이제 나는 자유롭다.

권고

당신 자신은 물론이고 배우자나 연인도 용서하십시오. 두 사람 모두 관계를 지속하는 동안 분명히 거기서 생기는 도전에 최선을 다해 응했을 겁니다. 인생은 도전으로 가득 차 있습니다! 심리적 압박에 어떻게 대처해야 할지를 경험으로 배우며 당신 자신의 삶을 꾸려가십시오.

이별은 연애 초기에 이미 시작된다

미혼들은 대부분 연인 관계를 맺고 싶어 하고 둘이 함께 있기를 갈망합니다. 누군가를 사귀고 싶은 마음이 생기면 머지않아 한 사람을 만나게 됩니다. 자신의 꿈과 소망을 채워줄 수 있다고 여겨지는 사람이 눈앞에 나타납니다. 마치 사랑의 신 아모르가 쏜 화살에 맞은 것 같은 기분이 듭니다. 상대방이 당신의 감정에 호의를 보이며 반응하면 사랑이 싹터 인연을 맺게 됩니다.

관계를 더 깊고 단단하게 하기도 하고 방해할 수도 있는 '경험'이라는 보물은 두 사람이 계속 만나는 가운데 모습을 드러냅니다. 그것으로 두 사람이 과연 함께 살 수 있을지가 증명됩니다. '관계 주머니'가 특별히 고통스러운 경험으로 가득 채워졌다면, 자신도 모르게 과거의 상황을 재현하는 쪽으로 마음이 기웁니다. 따라서 이별의 전형적인 과정은 연애 상대를 선택할 때 이미 시작되는 것입니다. 연인 사이에는 어린 시절 결핍되었던 부분을 상대방의 사랑으로 보상받으려는 욕구가 무의식중에 작용합니다. 과거의 결핍된 체험을 이런 방식으로 메우려는 시도는 연애 상대를 선택하는 데에도 큰 영향을 미칩니다. 그런 사람은 결국 옛날의 갈등을 되살아나게 하는 사람을 선택하고 맙니다.

카롤은 아버지가 신사답게 행동하는 무척 매력적인 남자

였다고 말한다. 하지만 그녀의 어린 시절은 불행했다. 아버지는 늘 어머니를 속이고 딴 여자들과 바람을 피웠다. 그러면서 가정은 전혀 돌보지 않은 것이다.

카롤의 연애도 어머니와 체험과 비슷했습니다. 관계 맺는 능력이 없는 남자들만 사귄 것이지요. 이런 유형의 남자들은 늘 상대를 바꾸면서 자기를 입증하려는 사람들입니다. 카롤은 아버지와 성향이 비슷한 남자들에게 끌렸고, 치유되고 구원받고 싶은 마음을 그들에게 보였지만 그 마음은 결국 충족되지 못했습니다. 어린 시절의 경험을 되풀이한 것입니다. 진지하게 사귈 생각이 전혀 없는 남자들에게 선을 긋는 자기 보호 장치가 그녀에게는 없었습니다.

부부 관계든 연인 관계든 모든 관계는 유년의 상처와 결핍을 극복할 수 있는 새로운 기회입니다. 그렇지만 과거의 갈등이나 상처가 되살아나는 계기가 되기도 합니다.

우리는 대부분 무의식중에 연인이나 배우자에게 구원받기를 원합니다. 그러나 의지할 곳 없고 저항할 줄도 모르는 어린아이의 상태로 돌아가 갈등을 이겨내지 못할 경우에는 사랑하는 사람과의 이별이 더욱 고통스러울 수 있습니다. 그런 경우에는 그저 막막하고 절망스러운 심리 상태가 관계를 맺고 있을 때나 헤어진 후에나 온통 그를 제압합니다.

이 대목에서 뭔가 말하고 싶은 욕구가 치밀어 올라온다면, 전

문가의 조언을 받으십시오. 상담소를 찾아 이별과 이혼에 대한
명상 안내나 심리치료를 받아야 합니다.

- 자신이 간혹 '불성실한' 이성에게 빠진다는 생각이 듭니까? 이
  성을 고를 때마다 늘 같은 유형을 선택해 비슷한 어려움을 겪
  지는 않았습니까?
- 어떤 상황들이 과거를 떠올리게 하고 관계 안에서 되풀이됩니까?
- 그때그때 만나는 상대와 겪는 갈등을 당신이 어린 시절에 아버
  지 혹은 어머니에게서 목격한 상황들과 비교할 수 있습니까?

진리

유년기의 짓눌린 경험이 연애나 결혼을 통해 되살아나며 고통을
불러일으킬 수도 있다.

좋은 생각

나는 '내면의 아이'와 협력하여 과거의 상처를 치유하겠다.

권고

상처 입고 슬픔에 빠진 '내면의 아이'를 꼭 안고 달래주는 모습을
상상하십시오.

Chapter 04

이별과 이혼은 에너지가 소모되는 부정적인 결과를

낳기도 하지만, 분명 긍정적인 측면도 있습니다.

헤어짐이라는 아픈 경험이 내면의 성장과 긍정적 변화의

계기가 된다는 것을 점차 깨달을 수 있을 겁니다.

이별,
어떻게 진행되는가

　이별의 첫 단계에서는 먼저 헤어지기로 결심한 사람이 관계를 정리하고 다른 길을 준비합니다. 상대방도 모든 것을 내려놓고 지금까지와는 다른 삶을 설계해야 합니다. 이별은 뭔가 새로운 것을 허용한다는 뜻입니다. 불확실한 미래를 향해 길을 떠나려면 그동안 익숙해 있던 옛것은 모두 내려놓아야겠지요. 이는 낯선 여행을 하는 것과도 같습니다. 정든 집을 떠나 목적지도 정해지지 않은 여행길에 오른 것입니다. 그러나 걸음을 내디딜 때마다 더 많은 것을 바라볼 수 있습니다. 앞날이 선명해지고 구체적으로 상상할 수 있게 되면 그 자체로 강한 추진력이 됩니다.
　한 걸음 한 걸음 내디딜 때마다 현재의 처지가 무척이나 괴롭고 힘들 겁니다. 하지만 한편으로는 과거와는 달리 정체되어 있지는 않다는 것을 의식할 수 있습니다. 가을이면 잎이 다 떨어져 앙상해 보이는 나무도 겨우내 새로운 성장을 준비했다가 봄이 되면 새 잎으로 단장합니다. 이렇듯 이별의 상실도 한 번뿐입니다. 자기 자신과 정면으로 대면하는 것은 곧 다시 에너지를 가득 채우기 위해 자신의 뿌리를 필사적으로 찾아나가는 것을 의미합니다. 과거에 품었던 꿈과 가치를 버리고 내려놓는 이 뼈아픈 과정에서 마음이 정리되고 변화가 일어나 새로운 길을 걸어갈 수 있습니다. 마침내 이별의 아픔을 딛고 새로운 방향 정립 단계로 진입하는 것입니다. 이제 당신은 이별 전의 고통에 울던 사람이 아닙니다. 전혀 다른 사람이 되었습니다!

이별을 극복하는 데 시간이 얼마나 걸릴지를 가늠하기는 어렵습니다. 이혼의 상처를 정리하기까지 드는 시간도 역시 계산하기 힘듭니다. 그렇지만 분명한 것은 그 기간이 당신이 상대방과의 결별을 실제로 얼마나 무거운 짐으로 여기느냐에 달려 있다는 것입니다.

이별과 이혼의 진행 단계를 보통 다음과 같이 구분하지만, 반드시 이 순서대로 진행되는 것은 아닙니다. 사람에 따라 어떤 단계는 뛰어넘기도 하고 이미 지나온 단계로 되돌아갈 수도 있습니다.

이별하기까지는 거쳐야 할 단계가 있다.

나는 내면의 뿌리를 잊지 않는다.

아주 오래된 해묵은 관계를 떠올려보십시오. 지금 와서 보면 그 관계에 대해 어떤 생각이 듭니까? 그때의 이별을 이제는 어떻게 느낍니까? 그때의 이별 과정을 통해 배운 점은 무엇입니까?

지키려는 마음과 끝내려는 마음이 병존하는 단계

배우자와 함께 살고 있지만 극도로 억눌린 느낌이 든다면, 그것은 관계가 부정적인 방향으로 흘러왔기 때문입니다. 말다툼이 잦아지거나 (지금까지 배우자에게 품었던 좋은 감정들이 사그라지는) 정서적 변화가 일어났다면 이미 헤어지는 단계에 들어섰을지도 모른다는 것을 암시합니다. 이 단계에 이르면 불안감이 앞섭니다. 갈라서게 되면 지금까지 쌓아온 삶과 가족 관계가 백팔십도로 달라질 것이 두려운 것입니다. 결혼 생활을 벗어난 삶은 상상조차 하기 어렵습니다. 먼저 이별의 단점들만 떠오릅니다. 예를 들어 이혼한 뒤의 경제적 궁핍이 떠오릅니다. 그러니 당신은 관계를 어떻게든 지켜보려고 안간힘을 쓰겠지요. 헤어지겠다는 생각을 벗어 던지려고 전력투구할 겁니다. 그리고 아이들의 장래도 걱정스럽습니다. 이런 생각 때문에 자신의 욕구를 자꾸만 억누르려 할 수도 있습니다. 혹은 배우자가 현명하게 판단하고 당신의 소망과 요구에 따라 처신하기를 바라는 마음에서 먼저 떠나겠다며 상대방을 위협할 수도 있습니다.

이 과정에서 당신은 심리적 중압감을 느끼고 상처를 받을 수도 있습니다. 동산과 부동산, 양육권을 놓고 고성이 오갈 수도 있습니다. 상대방과 첨예하게 다툴 것은 불을 보듯 뻔합니다. 테니스를 칠 때 공이 네트를 넘나들듯이, 파경의 잘못을 서로 상대방에게 떠넘깁니다. 경기가 끝나고 결과를 집계하면 누가 이기고 누가 졌는지 밝혀지겠지요.

물론 관계를 호전시키는 계기도 있습니다. 당신은 용기와 새 희망을 길어 올립니다. 무거운 짐이 되어버린 관계에는 서로 의견이 엇갈리는 부분도 있지만 갈등을 벗어난 영역도 있습니다. 예를 들면, 같이 잠자고 함께 밥을 먹고 같은 TV 프로그램을 보는 것 등이 그렇습니다.

연인과 부부 사이에는 전형적인 역학 관계가 있고, 그것은 각 커플마다 고유합니다. 균형이 깨지고 의견 일치가 줄어들어 어두운 면이 우세해지면 헤어질 확률은 더욱 높아집니다. 양쪽이 혹은 어느 한쪽이 여태껏 유지해온 관계를 끝내려고 합니다. 이 일은 서로 합의하에 이루어지기도 합니다.

　외로움 혹은 혼자라는 불안감을 덜 느끼는 사람들이 대부분 먼저 헤어지자는 말을 꺼냅니다. 이를테면 불행한 관계를 지속하기보다는 실리(實利)가 더 많은 이혼에 기대를 거는 것이지요. 미래가 밝아 보이면 헤어질 마음이 더 쉽게 드는 법입니다. 아마도 관계를 정리한 뒤에 함께할 사람이 기다리고 있는 경우가 좋은 예일 겁니다. 그 사람이 자기를 다정하게 맞아줄 것으로 믿는 것이지요. 겉으로 볼 때는, 관계를 접고 떠나버린 사람이 버림받은 상대방보다 훨씬 더 마음 편해 보입니다.

　하지만 떠난다는 것도 그리 간단한 일은 아닙니다. 먼저 떠난 사람이 당신의 짝이라면, 그/그녀는 당신의 비난을 감수해야 합니다. 활기를 잃어버리고 어쩌면 죄책감과 맞서 싸우고 있을지도 모릅니다.

　모든 관계에는 나름대로 스토리가 있다.

불안과 분노, 슬픔과 절망
– 감정의 용광로 단계

관계가 파탄에 이르면 더 이상 모든 것을 공유하기가 어려워집니다. 부부 사이라면 가정이 해체되고, 결혼을 앞둔 커플이라면 만남을 끝내고 헤어지겠지요. 미래에 대한 꿈이 물거품처럼 허무하게 사라지는 것입니다. 이 단계에서는 둘 중 한쪽이 일방적으로 혹은 양쪽이 합의하에 말이나 행동으로 관계를 끝낼 것을 통보합니다.

당신이 마음속 깊이 배신감을 느낀다면, 그 슬픔과 분노와 갈등의 단계를 견디기가 무척 힘들 것입니다. 자신은 상대방의 결정에 아무런 영향력을 행사할 수 없다고 여겨지는 것입니다. 어디에도 의지할 곳 없는 심정으로 현재의 상황과 미래의 삶을 바라보며 마음속이 심하게 요동칩니다.

이별이 코앞에 닥쳤거나 이혼이라는 현실과 마주하면 예상치 못한 충격을 받을 수 있습니다. 이별과 그에 따른 삶의 변화가 머릿속을 가득 채웁니다. 당신은 정서적으로 위급한 사태에 처했습니다. 이혼과 연관된 문제가 마치 환한 스포트라이트를 받은 듯 부각됩니다. 생각을 딴 데로 돌리기가 어렵고, 예전에 흥미를 가졌던 모든 것들에 관심이 시들해집니다. 이렇듯 심리적으로 위태로운 상황에서는 아무것도 제대로 할 수 없습니다. 이제 당신은 이별 혹은 이혼이라는 문제에만 관심이 온통 집중되어버립니다. 같은 물음만 거듭거듭 던지며, 생각은 과거로만 향합니다. 예컨대 이별을 되돌릴 방법이 있지 않았을까, 서로 다시 한 번 노력하면 어떤 돌파구를 찾을 수 있지 않을까, 하고 골똘히 생각합니다.

어쩌면 자기 생각이 '옳았다'는 입장을 고수하며 상대방을 끊임 없이 비난할지도 모릅니다.

이 단계에서 감정이 고조됩니다. 상대와의 관계를 더는 냉정 하고 객관적으로 헤아릴 수 없고, 미래를 꿈꾸며 차곡차곡 쌓아 왔던 것들이 한낱 부질없는 환상처럼 보입니다. 지금까지 억눌러 온 감정이 머리끝까지 차올라 폭발하기 일보 직전입니다. 이 순 간 당신의 감정은 불안과 분노, 죄책감, 슬픔, 절망으로 표출됩니 다. 당신은 정서적으로 위기에 처했습니다. 마음이 심하게 흔들 립니다. 당신은 상대방을, 그/그녀와 함께 나눈 아름다운 추억을 미화하는 성향이 강합니다. 그러면서도 한편으로는 당신에게 상 처 입힌 그 사람이 원수로 둔갑한 양 보입니다. 언젠가 만났을 것 만 같은 가장 싫은 사람이 되어버립니다.

하루에도 몇 번씩 들쑥날쑥 기복이 심한 감정을 온전히 맞아 들이십시오! 당신이 지금 자신에게 허용하는 모든 감정은 이별을 극복하고 정리하는 과정에서 퍽 유익한 것입니다. 당신의 내면은 떠나간 사람을 놓아주고 이별과 대면할 준비가 아직 되어 있지 않습니다. 다른 선택은 없다는 것을 뻔히 알면서도 말입니다.

관계를 포기한다는 것은 고통스러운 일이다.

마침내 결별을 받아들일 때

이제 당신은 갈등이 가득 찬 관계와 냉정하게 대면하고, 왜 실패하게 되었는지 자신과 상대방을 현실적으로 진단할 단계에 왔습니다. 관계를 끊을 마음은 정서 및 사고 영역에서 일어납니다. 이별하는 것이 당신에게도 상대방에게도 올바른 결정이라는 확신이 생기면 비로소 안도의 숨을 내쉴 수도 있습니다. 반면에 여태껏 긴밀히 결속된 사람과 떨어지는 일이 얼마나 고통스러울까, 하는 생각도 듭니다.

관계를 시작할 때나 끝낼 때나 감정이 강도 높게 반응한다는 것을 알아야 합니다. 마음속의 동요를 받아들이고, 보고 싶은 마음을 참으며, 새롭게 생각하는 법을 배우는 것이지요. 당신의 삶은 더 이상 끊임없이 머릿속을 맴도는 생각에 지배되지 않습니다. 이 단계에서 당신은 발전(자신의 삶을 다시 설계하기)과 퇴보(과거의 꿈과 환상에 젖어 그 빛나던 시절이 다시 오리라는 희망)를 경험합니다. 예컨대 첫아이를 낳았을 때와 같은 즐겁고 아름다운 추억을 떠올리며 재결합을 꿈꾸다가도, 풀리지 못할 갈등을 생각하면 심리적 거리를 두고 배우자와 떨어지려고 합니다. 당신은 이 양극을 오가면서도 이성의 눈으로 현실을 직시합니다. 지금까지 풀 수 없었던 갈등은 앞으로도 풀기 어렵다는 사실을 거듭 새롭게 인식합니다. 그리고 당신은 내면적으로 진정 자유로워져 헤어진 고통을 딛고 일어서기를 간절히 바랍니다.

이별과 이혼은 에너지가 소모되는 부정적인 결과를 낳기도 하지만, 분명 긍정적인 측면도 있습니다. 헤어짐이라는 아픈 경험이 내면의 성장과 긍정적 변화의 계기가 된다는 것을 점차 깨달을 수 있을 겁니다.

변화는 내면의 성장으로 이끈다.

이제 다시 자신을 만나다

이별을 맞아 당신은 다시 자신에게 집중하며 짝이 없는 삶을 설계합니다. 자신의 강점을 새롭게 알아나가고, 미래를 바라보면서 자신에 대한 신뢰를 쌓아갑니다. 앞으로 맺게 될 새로운 이성 관계에 대해서도 마음을 열며 자신의 욕구에 더 가까이 다가갑니다. 그러면서 이별하면서 만들어진 제한된 틀에서 조금씩 벗어납니다. 달라진 환경 앞에 똑바로 서기 위해 새로운 길도 개척해나갑니다.

관계가 남긴 상처는 아직 아물지 않고 기억도 생생하지만, 당신은 이제 치유와 자유의 길에 한 걸음 들어섰습니다. 충분한 거리를 두면서 이별과 이혼의 긍정적·부정적 영향을 받아들이며 이 힘겨운 과정과 교류할 줄 압니다. 당신은 이별이라는 마지막 결정을 받아들이고 자신의 능력을 실현할 수 있는 새로운 삶의 형태를 찾았습니다. 잃어버린 자신감을 되찾고, 예전에는 해보지 않았을 새로운 일에도 도전합니다.

당신에게 자녀가 있다면, 새로운 방향을 정하고 자신을 발견하는 단계에서 아이들을 힘껏 지지하며 헤어진 한쪽 부모와도 좋은 관계를 유지하도록 배려할 수 있습니다.

불쑥불쑥 나타나는 위기의 순간

이별과 이혼은 시간적으로 제한된 무거운 짐입니다. 두 사람이 관계를 맺으면서 다진 유대와 함께 그동안 쌓아온 정서적 연대가 끊깁니다. 함께 꿈꿔온 미래를 포기해야 합니다. 이별로 인한 내적·외적 압박 때문에 균형이 크게 깨집니다. 당신은 이별의 당사자로서 위태로운 상황에 처했습니다. 이런 처지에서는 자신이 앞으로 어떻게 행동하고 느끼게 될지를 예측하기가 힘듭니다. 마음의 균형을 찾지 못한 상태에서는 사랑하는 사람을 잃었다는 사실이 커다란 위협으로 다가옵니다. 불확실하고 불안한 마음이 드는 것은 말할 것도 없고 자살에 대한 환상마저 생길 수 있습니다.

위기에 처해서는 극단적인 반응이 나타나는 것이 당연합니다. 이 힘겹고 외로운 상황을 과연 잘 딛고 일어설 수 있을지 의혹이 고개를 쳐듭니다. 다시 마음의 평정을 찾기 위해 주력합니다. 위기를 겪으며 특히 몽상에 빠져들 수도 있습니다. 이런 과정에서는 의식 영역뿐만 아니라 무의식 영역도 경험합니다. 당신이 이별이나 이혼을 예견하지 못했다면 심적 부담이 무척 클 수밖에 없습니다. 서로 합의하에 헤어졌다고 해도 다음과 같은 위태로운 특징들이 나타날 수 있습니다.

- 기분이 우울하고 식욕부진이나 불면증 등의 신체적 반응이 나타난다.
- 파경에 대한 불안감 때문에 미래를 부정적으로 바라본다.
- 자존감이 부족하고 자신을 부정적으로 평가한다.
- 직장에 다닌다면 집중력이 떨어져 능률이 급격히 낮아질 수 있다. '머릿속이 텅 비어' 효율적으로 일하기가 어렵거나 계속 같은 생각이 머릿속을 떠나지 않는다.
- 아무것도 결정할 수 없으며, 여러 가지 가능성을 놓고 마음이 갈팡질팡한다.
- 쉽게 흥분하고 자제력을 잃는다. 예컨대, 아이들이 조금만 잘못해도 화를 내고 소리를 지르기 일쑤다.

이런 증상들이 나타나는 위기 상황은 지나가는 과정입니다. 이 상황을 도전으로 받아들여야 합니다. 위기에 따르는 감정과 생각은 전혀 이상한 체험이 아닙니다. 심리적인 예외 상황일 뿐입니다.

살아가면서 우리는 끊임없이 위기에 봉착합니다. 큰병에 걸릴 수도 있고, 사랑하는 가족과 사별하기도 합니다. 당신은 현재의 위기를 극복하면서 무언가를 배울 수 있습니다. 이별을 겪는 가운데 감정 세계의 문이 활짝 열립니다. 주변 사람들에게 도움도 받고 마음속의 목소리에도 귀를 기울이십시오. 지금 얻은 경험을 활용할 줄 알아야 앞으로 짐을 짊어지고 문제에 대처하는 능력도 향상됩니다.

진리

위기는 예외 상황이다.

좋은 생각

나는 현재의 위기를 내 삶의 일부로 받아들일 준비가 되었다.

권고

부정적인 감정을 그대로 맞아들이십시오. 지금 이 상황을 초래한 것은 당신이 아닙니다. 위기는 차츰 사라진다는 생각에서 출발해야 합니다. 위기를 겪는 동안 다음 권고 사항을 유념하십시오.

- 전직이나 중요한 경제적 문제에 대한 결정은 지금 당장 내리

지 마십시오.

- 특별한 위기에 처해 당신은 당면한 일을 겪고 소화하고 행동에 옮길 능력이 제한되었다는 사실을 인정하십시오.
- 위기에 직면해서는 해결 가능성이 인지될 수 없다는 관점에서 출발하십시오.
- 자신을 통제하려고 애쓰지 마십시오. 가슴이 후련하도록 실컷 울어도 좋습니다.
- 부푼 기대는 버리십시오! 마음의 동요가 클 수 있습니다. 이런 상태에서는 의지에 호소하기가 어려울뿐더러 자신을 제어하기도 힘듭니다.
- 위기를 이별에 따르는 지극히 정상적인 현상으로 여기십시오.
- 자신이 과도기에 있다는 사실을 날마다 자주자주 되새기십시오.
- 당신을 좋아하는 사람들에게서 위로와 지지를 구하십시오.
- 자신이 부적절하다고 여기는 행동 방식을 너그럽게 받아들이십시오.

Chapter 0 5

"사람은 누구나 분노하기 쉽다. 화내기는 쉽다.

그러나 바른 사람으로서 정도를 넘지 않으며

적시에 합당한 이유로 올바로 화내기란 참으로 어려운 일이다."

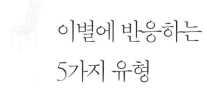

이별에 반응하는
5가지 유형

이별에 반응하는 유형을 보면 사람마다 매우 다릅니다. 이제 살펴볼 행동 방식 및 사고방식 가운데 당신은 어떤 유형에 속하는지 진단해보십시오. 그러면 위기에 맞서 자신이 어떻게 반응하는지를 알 수 있습니다. 물론 이별에 반응하는 사람들의 실제 유형은 여기에 제시된 유형보다 훨씬 더 많고, 한 가지 반응 유형만을 보이는 사람도 없습니다.

늘 도피하기만 하는 유형

이 유형의 사람들은 현재 닥친 상황의 진실을 밀어냅니다. 이를테면 경제적 문제를 해결하는 등의 복잡한 일을 멀리합니다. 이 '타조' 유형은 '머리를 모래에 처박으면 몸을 숨길 수 있다는 듯' 행동합니다. 눈에 안 보이면 문제가 해결된 양 여기는 것이지요. 이런 사람들은 화제를 바꾸거나 문제가 생긴 공간을 떠나는 식으로 코앞에 닥친 갈등에서 도망칩니다. 이렇듯 도피 유형은 새 애인의 팔에 안기거나 그때그때 정도에서 벗어한 행동을 보입니다. 서둘러 철 지난 패키지 여행을 떠나기도 하지요.

그러나 문제 해결을 피한다고 해서 이별과 이혼에 따르는 문제들이 없어지는 것은 아닙니다. 단지 연기될 뿐입니다. 당신이 이 유형에 속한다면 문제를 부정하거나 무시하면서 당면한 갈등들이 저절로 풀리거나 정리되기만을 기다릴지도 모르겠습니다. 이런 사람들은 어디선가 자기와는 상관없는 '보이지 않는 손'이 나타나 사건을 정리하고 분쟁을 조정해줄 것처럼 행동합니다. 그 물음에 대답할 수 있는 사람은 본인뿐이건만, 마치 그 '손'이 정답을 줄 것으로 착각합니다.

'타조' 유형들은 마법의 세계에 갇혀 있습니다. 마법의 세계에서는 스스로 행동하지 못합니다. 행동하는 데 제약이 따르지요. 이런 전략은 결국 자신에게 해롭습니다. 다른 사람들이 나서서 당신을 위해 결정한다고는 하지만, 대부분 당신을 위한 결정이 아닌 것으로 드러나니까요. 당신은 자신의 책임을 회피하는 것입니다. 행동을 보여야 할 상황에서 그저 가만히 있습니다.

어린 시절은 물론 어른이 된 뒤에도 자신의 행동이 관계에 영향을 끼치는 경험을 그다지 해보지 못한 사람들은 갈등과 위기에 처하면 다음과 같이 반응하는 경향이 있습니다.

카롤라는 연애할 때 자동응답기에 남겨놓은 애인의 메시지에는 대답하지 않고 엉뚱한 일을 부탁했다. 현재 쓰고 있는 가구를 모두 쓰레기장에 내놓아야 할지 결정해달라고 한 것이다. 할머니가 유산으로 물려준 앤티크 책상까지 버렸다는 것을 알아차린 건 훨씬 뒤였다.

카롤라는 수동적으로 대처하여 결국 값진 물건을 잃어버리고 말았습니다. 자신의 관심사에는 완전히 무심했던 것입니다.

도피 유형의 특징

당신은 갈등에 짓눌려 괴로움을 밀어내려는 욕구가 강합니다.

당신은 도망치고만 싶습니다. 예를 들어보겠습니다. "이런 상황에서는 아무것도 하고 싶지 않아." "여기서 벗어나고 싶은 마음뿐이야." "그/그녀가 먼저 시도해야 해." "어차피 나는 끝까지 해내지 못해.""이런 상황에서 내 생각은 아무 힘도 없어."

행동: 당신은 갈등을 피하려고 다양한 행동 방식을 취합니다. 예컨대 약물을 복용하거나 술을 마시며 문제를 잊으려고 합니다. 혹은 공간적 거리를 두고 갈등을 낳는 '범행 장소'를 만들면서 자신을 '숨기고' 문제 해결을 계속 피하기만 합니다.

자가 테스트

- 당신은 어떤 구체적인 문제(자녀 교육, 경제적 문제 해결, 의견 차이로 인한 다툼 등)에 직면하면 우선 피하려고 합니까? 연인 이나 배우자와 충돌할 때 어떤 느낌을 참기 어렵나요? 짜증이 나 분노, 슬픔, 절망을 견딜 수 없습니까? 혹은 그 어떤 다른 느 낌 때문에 '거기서 도망치고' 싶습니까?
- 당신의 회피 전략은 얼마나 지속될까요? 갈등을 야기한 연인이 나 배우자에게 언젠가 다시 돌아가서 오해나 앞으로 해결할 사 안에 대해 허심탄회하게 이야기하겠습니까? 혹은 갈등의 장을 떠난 지 이미 오래되었나요? 아니면 영원히 떠났습니까?

진리

갈등은 자기 욕구에 대한 책임을 떠맡을 기회다.

좋은 생각

나는 내 관심사에 주목하며 실행할 준비가 되었다.

권고

- 당신이 어떤 문제에 직면하면 회피 전략을 펴고 싶어 하는지

곰곰이 생각해보십시오. 자신의 생각을 큰 소리로 말하면서 귀를 기울이십시오.

- 언제, 어디에서 상대방에게 자신의 생각과 소망을 전달할 것인지 정하십시오.
- 이렇게 하고 있는데 불안감의 수위가 높아지면 먼저 자신의 소망을 종이에 적고 그 내용을 실제 상황으로 받아들이십시오. 그렇게 하면 대개는 불안감이 잦아듭니다.
- 구체적인 갈등에 직면해 얼마나 오래 참을 수 있는지 먼저 자신에게 물으십시오. 당신이 감내할 수 있는 한도 안에서 대화 시간을 정하십시오. 상대방과의 대화를 견뎌내려면 시간을 잘 가늠해야 합니다.

모든 잘못을 상대방에게 돌리는 비난 유형

당신이 비난 유형에 속한다면, 먼저 나쁜 결과의 원인을 어떤 상황이나 타인에게 돌립니다. 이런 사람들은 내적·외적 요구로 말미암은 스트레스 때문에 자신의 책임을 깨닫지 못합니다.

이별에 즈음해서는 실패한 관계의 잘못을 상대방에게만 전가합니다. 이런 사람은 바라지 않던 사태를 가져온 책임이 전적으로 상대방에게 있다고 여기며, 따라서 상대방이 상황을 변화시켜야 한다고 생각합니다. 더구나 그러한 책임 전가의 방식 또한 부당합니다. 상대방이 현재 취하는 행동뿐 아니라 지난날 보였던 행동까지 끌어와서 비판하며 그/그녀가 이룰 수 없거나 자신이 바라지도 않는 기대를 늘어놓는 것입니다.

상대방이 책임 전가를 받아들이지 않고 당신의 말을 맞받아칠 경우에는 불쾌감이 더욱 커집니다. 그렇게 되면 당신은 더욱 더 강하게 비난을 퍼붓고 변호사와 친척, 친구들을 등에 업고 배우자와 대적할 수도 있습니다. 그렇지만 말로 공격하고 잘못을 지적하면, 원하지 않은 결과를 낳을뿐더러 화해하기도 어려워집니다. 문제 해결 방법으로는 완전히 부적격입니다.

이별을 맞아 심리적 중압감이 높아질 때 이런 유형이 빈번히 나타납니다. 이때는 비난이 지극히 정상적인 행동 방식으로 여겨질 수 있습니다. 주체할 수 없이 터져 나오는 분노와 슬픔, 절망의 분출구를 찾자면 말입니다.

헤어지는 마당이니 상대방의 잘못을 비난하는 것이 마땅하다고 여깁니다. 그러면 감정이 북받치는 첫 단계에 심리적 부담감이 잠시 덜어질 수는 있습니다. 그렇지만 당신이 이런 전략을 오래 고집하고 있다면 자신의 반응에 대해 숙고해볼 필요가 있습니다. 관계는 상호적인 것입니다. 서로 다른 두 사람이 수없이 대화를 나누며 심오하고 충만한 유대를 쌓으려고 노력하는 것이 관계입니다. 관계가 깨진다는 것은 두 사람이 그때그때의 '서로 다름'을 수용하지 못하고, 따라서 서로에게 만족하지 못한다는 것을 암시합니다.

갈등에 처해서 남들에게 책임을 전적으로 떠넘기는 태도는 어린 시절에 습득한 행동 유형일 수 있습니다. 어쩌면 당신의 부모님도 갈등에 처해 그런 식으로 반응하셨는지 모릅니다. 이런 행동 방식을 당신도 걸러내지 않은 채 넘겨받고 제 것으로 만들었습니다. 공격이나 상처를 두려워하는 사람들도 앞에서 이야기한 방식으로 불안감으로부터 자신을 방어하려고 합니다.

파올로는 자제심을 잃고 말았다. 아내가 부부 상담을 받기 시작하면서 더 이상 잠자리를 함께하지 않으려고 했기 때문이다. 그는 아이들과 함께 밥을 먹으면서도 아내를 하녀 취급하며 나쁜 아내, 나쁜 엄마라고 비난을 퍼부었다. 이런 언어폭력으로 둘의 관계는 더욱 악화되었다.

파올로가 그렇게 행동한 까닭은 아내가 상담을 받으며 자신를 향해 가했을지도 모를 비판이 두려웠기 때문입니다.

비난 유형의 특징

당신의 내면은 현재 비정상적인 상태입니다. 분노와 실망이 늘 따라다닙니다. 상대방이 당신의 소원을 듣지 않고 당신의 제안이나 비난을 받아들일 준비가 되어 있지 않을 때 분노가 터져 나옵니다.

당신은 상대방이 저지른 실수와 그 결과 자신이 받게

된 상처만 줄곧 생각합니다. 예를 들어보겠습니다. "당신 때문에 내 인생은 망했어.""당신이 나와 아이들에게 어떻게 그럴 수 있어?""당신이 달라져야 했어.""당신이 얼마나 이기적이고 배은망덕한 인간인지 내가 미리 알았더라면."

행동: 당신은 상대방을 압박합니다. 대화하면서도 그/그녀의 잘못된 행동을 새로 찾아내기에 여념이 없습니다. 친구들과도 함께 상대방의 인격을 깎아내리거나 잘못된 행동을 밝혀내려고 기를 씁니다.

자가 테스트

- 당신은 갈등이 생기면 먼저 상대방의 잘못을 찾습니까? 이런 반응이 어떤 결과를 낳았습니까? 상대방은 어떤 태도를 취했나요? 당신은 그런 대화의 결과에 만족합니까?
- 상대방이 당신을 피하거나 반격하면 어떤 기분이 듭니까?
- 당신은 상대에게 함부로 말을 합니까? 예를 들어보겠습니다. "너는 늘 나를 화나게 해.""너는 내게 전혀 마음 쓰지 않아." 당신은 자신이 함부로 말을 내뱉을 때 상대방이 취하는 태도에 어떻게 반응합니까? "당신은 철저한 이기주의자야"라는 식으로 비난하는 표현을 하면 상대방도 공격적인 태도를 취하게 되고, 따라서 당신이 퍼붓는 비난에 맞서 더욱 심하게 반박하는 것이 당연하다는 사실을 명심하십시오.

진리

상대방을 비난하면 도리어 반격을 불러올뿐더러 정서적으로도 관계는 더욱 악화될 뿐이다.

나는 위기를 겪는 동안만 상대방의 잘못을 지적하고 비난하겠다. 시간이 흐르면 언젠가는 다툼을 멈출 것이다.

자신의 표현 방식을 한번 되돌아보십시오. '나-전달법'을 써보십시오. 예컨대 이런 식으로 말하는 것입니다. "나는 당신에게 화가 나. 왜냐하면……" "나는 당신이 내게 신경 쓰지 않는다는 생각이 들어." '나-전달법'은 상대방으로 하여금 대화에 마음을 열게 하고 당신의 말에 귀 기울이게 하는 데 열쇠와도 같습니다.

분노로 자신을 해치는 '난쟁이' 유형

사람은 누구나 분노할 수 있다. 화내기는 쉽다.
그러나 바른 사람으로서 정도를 넘지 않으며 적시에 합당한 이유로
올바로 화내기란 참으로 어려운 일이다.
─아리스토텔레스

사랑하던 사람에게 버림받으면 상실감이 커지면서 저항해야 겠다는 욕구가 일어납니다. 자신이 받은 상처에 대해 의식적으로든 무의식적으로든 보상받고 싶어 하지요. 이때 분노가 격렬하게 나타날 수 있습니다. 상대방에게 신체적·정신적 공격을 가

합니다. 현실에서는 실행하지 못할 복수심을 무럭무럭 키우기도 합니다. 둘 중 어느 쪽이든 부글거리는 분노 때문에 혈압이 높아지고 심장박동은 느려집니다. 그리고 스트레스 호르몬도 증가합니다.

불같이 치미는 분노를 가라앉히고 마음을 진정시키려는 것은 생리적으로 보더라도 합당한 욕구입니다. 그렇지만 그것도 사람마다 차이가 있습니다. 상대방과 교류하는 가운데 분노가 누그러지는 사람이 있는가 하면, 분노를 '꿀꺽 삼키려고' 애쓰는 사람도 있습니다. 그러나 억압된 분노는 말하자면 독화살 같은 것입니다. 결국 자기 자신에게 겨눈 화살이지요.

화나 분노를 오래 참고 삭이면 피해를 당하는 사람은 바로 당신 자신입니다. 생리적으로 몹시 흥분한 상태가 지속되고, 새로운 삶을 설계하는 데 쏟아부어야 할 에너지를 다툼에 소진하게 되기 때문입니다. 분노를 참지 못하고 기물을 때려부수거나 자기변호에 급급한 태도로는 정서적 안정을 찾기가 어렵습니다. 오히려 기대했던 것과는 정반대의 나쁜 결과를 가져와 상황은 점점 더 꼬이기만 할 뿐입니다.

얀의 아내는 진지하게 이혼을 고려하고 있었다. 그런데 남편은 도리어 회사까지 찾아와 직원들 앞에서 그녀를 비방하며 분노를 터뜨렸다. 더구나 탈세 혐의로 신고하겠다고 위협하기까지 했다.

이런 상황이라면 평범한 일상을 살아갈 수도, 밝은 미래를 꿈꿀 수도 없습니다.

널리 알려진 그림 형제의 동화 중에 룸펠스틸츠헨Rumpelstilzchen이라는 '난쟁이' 이야기가 있습니다. 이 동화를 기억하십니까? 어른들에게 유익한 동화입니다. 난쟁이가 화가 치민 나머지 오른쪽 발을 땅속에 박아 넣자, 몸이 둘로 쭉 찢어지고 말았지요. 헤어지는 시점이 오면 과거에 대한 분노를 가라앉히고 빈손과 열린 마음으로 새로 시작할 준비를 해야 합니다.

분노를 느끼고, 온전히 받아들이고, 적절히 내보낼 방도를 찾는 일이야말로 당신이 자유로워질 수 있는 유일하고도 의미 있는 길입니다. 과거의 실망이 자꾸만 떠오르고 분노가 되살아나면서 그 상태로 고착되면, 고통에서 벗어날 수가 없습니다. 상심으로 인한 상처가 아물어야 비로소 자유로워질 수 있습니다. 분노하는 자신을 너그럽게 받아들이되, 그 분노가 자기 자신이나 남에게 향하지 않게 해야 치유가 이루어집니다.

'난쟁이' 유형의 특징

분노가 폭발하면 그 파편은 바로 분노하는 당사자에게 떨어집니다. 내면의 압박감이 커지면 그만큼 공격성도 강해져 예측하기 어려운 상황으로 내몰릴 수 있습니다.

당신은 복수심에 불타 분노를 키워갑니다. 예를 들어보겠습니다. "그/그녀는 내게 저지른 모든 잘못을 보상해야 해."

"그/그녀가 얼마나 비열한 인간인지 모든 사람이 알아야 해."
"그/그녀가 잘못되기를 빌어."

행동: 당신은 지금 자신의 행동을 통제하지 못합니다. 분노와 증오심을 표출하면 결국 자기 자신을 해치고 맙니다.

자가 테스트
- 당신 자신을 존중하십시오. 다른 사람의 행동 때문에 화가 치밀어 오르거나 상처받았을 때 당신은 자제심을 빨리 잃는 편입니까?
- 당신은 분노가 가라앉은 뒤에도 스스로도 부적절하다고 생각하는 행동을 감행합니까?

진리
버림받은 사람에게는 분노와 복수심이 일어난다.

좋은 생각
나는 내게 분노를 허용하되, 생각 속에서 자신을 가라앉힐 수 있다.

권고
상처에 반응하도록 마음을 여십시오. 그렇지만 분노를 표출하고 싶을 때 두 사람이 입을 가장 큰 손실은 피해야 한다는 점을 명심하십시오.

자신을 깎아내리는 자기비판 유형

손에 채찍을 들고 자신을 계속 때리는 모습을 상상해보십시오. 당신은 날마다 자기 몸을 채찍질하느라 여념이 없습니다. 시뻘건 피가 흘러내려도 자신을 벌주는 일을 멈추지 않습니다.

바로 이러한 모습이 자기비판 유형입니다. 이런 모습으로 사는 사람은 용서를 구할 마음의 준비가 전혀 되어 있지 않습니다. 자신의 잘못된 행동을 지나치게 비판하는 자기비판 유형은 자신이 '다르게' 혹은 '더 낫게' 반응했다면 결코 헤어지지 않았을 거라고 확신합니다. 그리하여 떠나간 사람과 화해하고 되돌아오게 하는 데 모든 에너지를 쏟아붓습니다. 그리고 그/그녀에게 약속합니다. "내가 달라질게." "이제 더는 질투하지 않을 거야." "내가 더 잘할게." "당신에게 더 많은 자유를 줄 거야."

진심으로 화해하려는 당신의 마음에 상대방이 반응을 보인다고 해도 관계가 호전되는 것은 잠시뿐일 수도 있습니다. 둘이 함께 있는 동안 당신이 아무리 노력을 기울여도 관계가 좀처럼 나아지지 않고 끝내 이별하고 만다면, 당신 혼자 잘한다고 해서 관계가 달라질 수는 없다는 사실을 보여줍니다. 상대방에게도 실패한 관계에 대한 책임이 있다는 뜻이지요.

미하엘라(26세)의 남자친구는 그녀를 떠나려 한다. 다시 자유로워지고 싶기 때문이다. 그러나 미하엘라는 헤어지자는 말을 받아들이지 못하고 관계를 이어가기 위해 안간힘을 쓴다. 애인이 집에 오는 날이면, 평소와는 달리 집 안을 깨끗이 청소하고 정리한다. 사과와 약속이 담긴 편지까지 탁자 위에 올려놓는다. 미하엘라는 스스로 애교가 없다고 생각하지만 조금만 더 노력하면 애인의 마음을 되돌릴 수 있을 거라고 확신한다. 남자친구가 오지 않으면 그동안 자신이 무엇을 소홀히했는지 되돌아보며 스스로를 책망한다. 그리고 앞으로는 그의 말을 더 잘 따르고 더 노력을 기울여야겠다고 결심한다. 자신은 이렇게 처절하게 애쓰건만, 그 사람은 왜 그렇게 부담스러워하는지 도무지 이해하지 못한다. 애인의 마음이 떠난 지 이미 오래되었다는 사실은 안중에도 없다.

당신이 자기 자신을 비판하는 성향이라면 깨진 관계에 대한 책임을 오로지 혼자 떠맡을 것입니다. 물론 당신도 잘못한 것은 있겠지만, 자신을 비판한다고 해도 이별을 막는 데는 아무런 도움이 되지 않습니다. 떠나간 사람에게도 책임이 있는데, 그 모든 것을 당신 혼자 도맡는 꼴입니다.

자기비판 유형의 모습은 헤어지는 과정에서만 나타나는 것이 아닙니다. 지금까지 살아온 삶을 되돌아보면 매우 익숙한 반응 유형입니다. 잘못을 자신에게서만 찾거나 다른 사람들의 잘못과

거부에 대한 책임을 혼자서만 짊어지려는 마음이 너무 성급한 것은 아니었는지 돌아보십시오.

자기비판 유형의 특징

감정: 당신은 애교가 없거나 거부당한다는 느낌이 듭니다.

생각: 상대방의 잘못은 생각하지 못하고 죄책감과 열등감만 듭니다. 이런 생각이 들 수 있습니다. "나는 다른 남자/여자와 사귀기엔 부족해." "나는 남자/여자가 생길 만큼 매력적이지 않고 지적이지도 않아. 능력도 없어." "내가 좀 더 생각이 깊고 다정다감하고 성실했더라면……."

행동: 자기비판 유형은 자신을 깎아내리는 경향이 있습니다. 다른 사람들이 아무리 긍정적인 조언을 해도 받아들이지 못합니다.

자가 테스트

- 다툼이나 갈등 상황에서 당신은 자신의 잘못을 비판하는 경향이 있습니까?
- 당신은 상대방의 잘못된 행동을 열거할 수 있습니까?
- 당신은 상대방이 '저지른 일'을 비밀에 부치거나 대수롭지 않게 여깁니까? 혹은 용서할 마음이 있습니까?
- 자신이 주로 어떤 말을 하는지 살펴보십시오. "내가 그렇게 하지 않았더라면……"이나 "나라면 어떻게 했을까?" 같은 표현에서 당신이 지난날 소홀했던 일에 지나치게 열중했다는 사실이 드러납니다.

서로 의견이 충돌하면 대화가 긍정적으로 흐르건 부정적으로 흐르건 각자에게 책임이 있다.

나는 순간순간 최선을 다한다.

- 상대방이 잘못을 저질렀다면, 그 책임은 당사자가 져야 한다는 사실을 잊지 마십시오.
- '내면의 비판자'에게서 멀어져야 한다고 날마다 새롭게 결심하십시오.
- 아침에 일어나면 큰 소리로 애정 어린 말, 자신을 인정하는 말을 하십시오. "나는 내 안에 있는 선을 발견한다." "나는 있는 그대로 존재한다."

자기연민에 빠지는 희생양 유형

당신이 자신을 스스로 '희생양'이라고 생각하고 행동하면, 다른 사람들의 도움에 기대 살 수밖에 없습니다. 자신의 삶을 당당히 책임지지 못하는 것입니다. 이런 모습은 실제 행동으로 드러나기도 합니다. 어린아이처럼 의지할 곳을 찾거나 그/그녀 없이는 살 수 없다고 생각합니다. 혼자서는 일상사를 해결할 수 없다고 여깁니다. 당신은 희생자로서 이런 식으로 말합니다. "나는 할 수 없어. 그 이유는……." "정말 그러고 싶어. 하지만……." "어차피 안 돼. 왜냐하면……."

어디에도 기댈 데가 없다는 생각이 들면 기분이 우울해집니다. 당신은 상대방의 속셈에 무력하게 넘어갑니다. 당신에게는 자신의 뜻을 관철하는 능력과 자신에 대한 믿음이 부족합니다. 그러나 자신의 입지를 굳히고 진실을 대변하려면 자신과 자신의 소망을 포기해서는 안 되겠지요.

안나는 옛 애인이 새로 사귄 여자친구와 함께 있는 모습을 자주 본다. 그의 여자친구가 같은 아파트 맞은편에 살기 때문이다. 안나가 이사를 갈 수도 있지만, 본인은 다른 집을 구할 생각을 전혀 하지 않는다. 그렇게 상황의 희생양이 되고 만다. 안나는 아침마다 옛 애인의 여자친구가 세련되게 차려 입고 일터로 향하는 모습을 본다. 그러고는 친구들에게 전화를 걸어 자신이 얼마나 비참한지 하소연하다가 하루해를 다 보낸다. 생각 속에서 자신과 그 여자를 비교하며 자기는 매력 없다고 여긴다. 멋지게 꾸미지도 않고 자신을 돌볼 마음도 없다. 자기를 그 여자와 날마다 만나게 하다니, 옛 애인이 너무 잔인하다는 생각만 끝도 없이 한다. 안나는 다른 집을 구해 나가서 자기만의 삶을 새롭게 꾸려갈 생각을 않는다. 위험에 처하면 죽은

척하는 동물처럼 수동적으로 반응하며 불편하고 고통스러운 상황을 그냥 견디고 있다.

이 사례처럼 애인에게 새 사람이 생겨 가버렸다면 당신은 회의와 자기 연민에 빠질 것입니다. 자신의 능력마저 믿을 수 없게 되지요. 현재 겪는 고통에 짓눌려 미래도 긍정적으로 바라보지 못합니다. 예전에는 거뜬히 해낸 일도 이제는 못할 것 같습니다. 당신은 자신이 욕구불만인 어린아이 같다는 생각이 들고, 불편하게 얽인 상황에서 벗어나는 데 도움이 될 만한 다른 행동을 기대하기도 할 것입니다.

그러면서 다른 사람들에게 자신의 감정과 헤어진 상황에 대해 주절주절 늘어놓겠지요. 당신의 이야기를 듣는 사람들은 연민을 느끼고 상대방이 잘못했다고 여길 수도 있고, 또 당신의 이야기를 걸러서 받아들이기도 합니다. 자신의 처지를 털어놓으면 잠시 홀가분해질 수도 있지만, 당신이 희생양으로서 자신의 가능성을 믿지 못하면 문제가 해결되기 어렵습니다. 더구나 심리적 압박감이 두통이나 복통, 불면증 같은 신체적 장애로 이어질 수도 있습니다.

당신에게 무엇보다 시급한 것은 자기 해방입니다! 행동할 줄 모르는, 욕구가 강한 아이와 작별하십시오. 어른스럽게 행동하십시오. 그러면 일상의 문제들에 맞서 가능성을 찾고 해결할 수 있습니다. 이별의 아픔도 한결 수월하게 극복할 것입니다.

희생양 유형의 특징

헤어질 시점에 이르면 실존적 위기감이 고개를 쳐듭니다. 어디 한 군데 마음 둘 곳 없고 희망을 잃은 채 절망감이 자아를 압도합니다.

희생양 유형은 자신이 입은 손실이 무척 크다고 여깁니다. 생각 속에서 자기 자신이나 다른 사람들, 상황에 책임을 전가합니다. 그러면서 이런 생각을 빈번히 합니다. "나는 그/그녀 없이 혼자서는 못 살아." "나는 왜 이렇게 사람 복이 없는 거야?" "남들은 나보다 훨씬 잘되는데." "난 이제 끝났어." "다시는 좋은 사람을 만나지 못할 거야."

다른 사람들을 붙잡고 실패로 끝난 연애와 결혼에 대해 몇 시간이고 하소연합니다. 자기 생각을 관철하며 시위를 벌인 과거 상황으로 돌아갑니다. 그렇게 '순교자' 흉내를 내면서 기회를 놓쳐버립니다.

- 당신은 자신이 겪은 상심이나 실망에 대해 다른 사람들에게 늘 어놓는 성향이 있습니까? 이때 자신을 희생양으로 묘사하면서 모든 책임을 다른 사람이나 상황에 전가하지는 않나요?
- 당신은 자신의 욕구나 관심사를 자주 포기하는 편입니까?
- 고통스러웠던 기억이 떠오를 때가 많은가요? 그 고통 때문에 밝은 미래를 꿈꾸기가 어렵습니까?

어디에도 기댈 곳이 없을 때 행동이 변화될 수 있다.

삶에는 예상치 못한 가능성들이 깔려 있다.

- 자신에게 일어난 일을 받아들이십시오. 어찌할 바 모르며 자해
  하는 태도로는 아무것도 바꿀 수 없음을 명심하십시오.
- 자신이 겪은 고통을 다른 사람들에게 모두 털어놓지는 않겠다
  고 결심하십시오. 오히려 앞으로 자신이 어떤 일을 할 수 있는
  지에 대해 사람들과 건설적인 대화를 하십시오. 이제 당신이 혼
  자서 꾸려나갈 미래에 대해 조언을 구하십시오.

당신은 어떤 유형인가요?

지금까지 살펴본 기본 유형 가운데 당신은 지금 어떤 모습인
지 살펴보십시오. 이 유형들은 명확히 구분되지 않으며, 서로 영
향을 미치기도 합니다. 예컨대 당신은 자신이 상황의 희생양이
라고 여기지만, 내면에는 '난쟁이'가 잠자고 있습니다. 그 심술
궂은 난쟁이는 마냥 기다렸다가 적절한 상황이 되면 활개를 치
며 돌아다닙니다. 여태껏 꾹꾹 참고 억눌러온 분노가 드디어 폭
발합니다.

이 유형들은 비단 헤어지는 시점에만 나타나는 것이 아니라, 언제 어디서나 드러납니다. 예를 들면, 이별 과정에서 지나치게 스스로를 비판하는 사람은 다른 상황에서도 자신의 실패를 인정할 줄 모릅니다. 이미 어릴 적에 습득한 행동 유형이기 때문입니다.

지금까지 살펴본 유형들은 보호 및 방어 유형입니다. 굴레처럼 다가오는 상황에서는 의식적·무의식적으로 나타나는 유형이지요. 당신이 그때그때 상황에 맞게 반응하면, 자신에게 익숙한 형태로 자신을 억압하는 감정을 받아들일 수 있어 고통이 잠시 누그러질 수도 있습니다. 그렇지만 결국 자신의 반응 및 행동의 레퍼토리에 고착되고 맙니다. 자신에게 맞는 유형을 파악해야 새로운 문이 열립니다. 그러면 당신은 결정적 장(場)을 발견한 것입니다!

Chapter 06

헤어진 후 당신과 당신의 짝이 함께 배울 점이 있습니다.

이별은 두 사람이 더 발전하고

새로운 삶을 펼칠 기회라는 사실을 유념하십시오.

이별 후
당신을 괴롭히는 생각들

이별의 갈림길에서는 에너지가 많이 소모됩니다. 그렇지만 당신이 어떻게 생각하느냐에 따라 소진되는 에너지는 크게 달라집니다.

사고실험을 하나 해보겠습니다. 상대방이 마치 노예를 가두듯 당신을 방에 가두었다고 상상해보십시오. 이제 문을 열 열쇠도 없고 평생 갇혀 지내는 신세가 되었습니다. 당신은 먼저 큰 소리로 시위를 하거나 탈출 계획을 세우겠지요. 자유를 얻으려고 아무리 발버둥 쳤다고 해도, 일단 체념하고 나면 그동안 기울인 노력은 모두 수포로 돌아가고 맙니다.

이런 상상을 하면서 어떤 느낌이 듭니까? 당연히 현실성 없는 이야기라고 생각하겠지요. 당신은 자유인이고 자유롭게 움직일 수 있으니까요.

겉으로 보기에는 당신은 분명 자유롭습니다. 하지만 마음속은 그렇지 않습니다. 이별 과정에서 당신은 사고의 노예가 될 수 있습니다. 적어도 생각으로는 말입니다. 떠오르는 생각을 구체적으로 열거하다 보면 그동안 당신을 괴롭히고 기대에도 못 미쳤던 관계를 정리할 수 있습니다.

고통스러웠던 경험을 돌아보면 분명 다음에 제시할 몇 가지 사고 유형과 일치할 것입니다.

돌아와, 돌아와!

당신은 '내게 돌아와'라는 생각에 깊이 빠져 상대방을 되돌아오게 하려고 전력을 기울입니다. 떠난 사람을 다시 붙잡으려고 애쓸 때는 온갖 감정과 생각이 몰려옵니다. 그러면서 자신이 할 수 있는 일이라면 무엇이든 하며 헤어지자는 상대방의 말을 무시합니다.

리자는 떠나간 애인의 집 앞에 날마다 편지와 장미 한 송이를 놓아둔다. 옛 애인은 몇 번이나 제발 그만두라는 부

탁을 했다. 둘의 관계는 이미 끝난 것이다. 그러나 리자는
흔들리지 않았다. 자신의 정성에 감동한 애인이 반드시
돌아올 거라고 믿었기 때문이다.

리자는 옛 애인을 조종하며 이별에 따르는 불안과 고독을 몰
아내려고 안간힘을 다합니다. 화해하려고 무던히 애쓰지만, 그것
은 착각일 뿐입니다. 이별 뒤의 상실감과 불안감보다는 자기기만
을 참는 것이 훨씬 수월했던 것이지요.
  배우자나 애인과 관계를 이어나가려는 마음에는 여러 가지
동기가 짙게 깔려 있습니다. 다음에 살펴볼 사고 유형은 '내게 돌
아와'라는 바람을 더욱 굳힙니다.

생각	보기
잘못 새겨진 과거 생각	"그때가 좋았지." "우리는 서로 좋은 시간을 보냈어." "우리는 아직 더 좋은 일을 함께 할 수 있을 텐데."
장점을 강조하는 생각	"그/그녀는 지적이고 알뜰했지." "처음부터 혼자서 다시 시작하느니 그/그녀와 함께하는 게 훨씬 나아." "그/그녀는 부지런하고 믿음직해. 계속 발전할 거야." "그/그녀는 아이디어가 기발해. 우리가 힘을 합치면 무슨 일이든 할 수 있을 텐데."

이런 사고 유형은 과거의 좋았던 시절을 이상화합니다. 그러

나 현재의 모습은 전혀 다릅니다. '내게 돌아와'라는 바람은 상대방의 좋았던 점을 그려보면서 더욱 생생해지기도 합니다. 처음 받은 장미꽃 다발, 함께 떠난 첫 여행, 달콤한 분위기, 가슴 떨리던 고백 등 아름다운 추억을 떠올리는 것이지요. 하지만 당신은 상황이 달라진 지 이미 오래되었다는 사실을 간과한 것입니다. 이제 현실은 지난날의 즐겁고 행복했던 추억과는 별반 관련이 없습니다. 그/그녀가 당신에게 했던 모든 잘못은 당신의 꿈속에서 무의식 왕국으로 사라져버렸습니다.

진리
과거의 좋았던 기억을 떠올려 오히려 현재 상황을 잘못 파악할 수 있다.

좋은 생각
나는 지난날의 꿈과 작별한다.

권고
상대방과 함께 꾸었던 아름다운 꿈을 떠올리면 과거가 실제로 되살아나는 듯한 느낌이 듭니까? 그렇다면 그 꿈을 내려놓으십시오! 떠난 이가 지녔던 특성을 종이에 적어보십시오. 당신이 너그럽게 받아들일 수 없었던 면들, 두 번 다시 직면하고 싶지 않은 면들(앞으로 맺게 될 이성 관계에서)을 적어보는 것입니다.

나는 못 해!

'나는 못해' 유형은 지금의 관계를 벗어나서도 당당히 홀로 설 수 있는데도 관계에 꽉 묶여 자신의 강점과 능력을 제대로 펼치지 못하는 유형입니다. 이런 유형은 무력감과 불안으로 마비된 채로 자신을 바라봅니다. 하지만 이런 상태로는 자신의 능력을 시험하기 어렵습니다. 배우자는 지금까지 중요한 결정을 늘 혼자 했을 겁니다. 이를테면 당신은 은행 일을 보거나 집 수리 계획을 세우는 등의 현실적인 일을 해본 경험이 없을 수도 있습니다. 이혼도 그런 식으로 진행되었겠지요. 좀 쉬고 나면 다시 일자리를 구해야 할 겁니다. 환경이 백팔십도로 달라졌으니 불안감과 두려움이 엄습하는 것은 지극히 정상적입니다. 항구에 정박하지 못하고 망망대해에서 풍랑에 이리저리 떠밀리며 표류하는 배처럼 당신도 인생 항로에 내던져진 것입니다. 그러니 이 절박한 순간에 "나는 못 해"라며 고집만 부리면 안 되겠지요.

'나는 못 해'라는 태도로만 일관하다 보면 앞일이 모두 비관적으로 보입니다. 다음 사례가 그러한 모습을 잘 보여주고 있습니다.

세 아이의 엄마인 중년 여성 로라(44세)는 이혼에 합의해야 했다. 비서로 일하던 직장도 몇 년 전에 그만두었다. 다시 직장을 구하고 경제적으로 홀로 설 때까지 도와주겠다며 친구들과 가족들이 발벗고 나섰다. 취업센터에 갔을 때는 재교육 프로그램을 소개받았다. 그러나 도전이 두려웠던 로라는 그 모든 제안을 다 거절하고 말았다. 새로 주어진 기회를 활용하지 못하고 로라는 집에만 틀어박혀 술을 마시기 시작했다. 6년이 지난 지금 로라는 보호소에서 지내고 있다. 혼자서는 자신을 돌볼 수 없었기 때문이다.

로라의 경우는 새로운 도전 앞에서 자신을 믿지 못하는 유형을 잘 보여줍니다. 좀 극단적인 사례이기는 하지만, 힘겨운 상황에 처한 여성들은 대부분 자신에게 주어진 기회를 스스로 차버립니다. 자신의 능력을 펼쳐본 경험이 없으니 '나는 못 해' 유형으로 달아나는 것이지요.

이런 생각 때문에 자신의 능력과 강점, 특히 용기를 잃었던 것은 아닌지 한번 스스로를 되돌아보십시오.

생각	보기
무력감에 빠지게 하는 생각	"그/그녀 없이는 못 살아." "나 혼자서는 못 해." "그/그녀 없이는 아무것도 할 수 없어."
자신감을 약화시키는 생각	"나는 ……을 할 만한 능력이 부족해." "난 별 볼일 없는 존재야." "이 나이에 무엇이 달라질까." "어차피 남들이 나보다 나을 텐데 뭐."

위와 같은 생각에 빠지면 자신이 해야 할 일도 하지 못할뿐더러 새로운 가능성에도 도전하지 못합니다. 이런 생각을 내면에 대고 계속 말하면, 무기력해지고 강해지기도 어렵습니다. 자신감은 타고나는 것이 아닙니다. 미지의 길을 개척할 때 비로소 생기는 것입니다. 본인이 실제로 해보아야만 경험 영역이 넓어지고 새로운 능력들이 발전하는 법입니다. 행동 능력이 개선될 때 자신감도 높아집니다.

떠난 이가 없어도 당신은 모든 일을 잘해낼 수 있습니다. 자신이 바라던 '질 높은' 삶을 살아갈 수 있습니다. 물론 배우자와 함께 일상을 보내고 미래를 설계했던 예전과는 같지 않겠지요. 당신은 생각으로라도 더 이상 강한 대상에게 기대서는 안 됩니다. 이제 '내면의 지혜'를 발휘하고 자신의 능력을 믿으며 고유한 자원을 재발견하거나 새로운 자원을 발전시켜야 합니다. 바로 지금이 부정적인 생각을 '나는 무엇이든 배울 수 있어'라는 긍정적인 생각으로 바꿔야 할 때입니다. 코앞에 닥친 현실과 적극적인 자세로 대결할 때 지금껏 알지 못했던 능력들이 깨어나고 새로운 활력이 생길 것입니다.

진리

달라진 현실은 배움의 기회가 된다.

좋은 생각

나는 새로운 길을 걷고 새로운 것에 도전할 준비가 되어 있다.

'나는 못 해'라는 생각을 은연중에 해본 적은 없는지 한번 적어보십시오. '내가 ……했더라면, ……할 수 있었을 텐데'라는 생각에 대답해보십시오. 떠오르는 생각은 모두 진지하게 받아들여야 합니다. 생각을 바꿀 가능성이 당장은 높아 보이지 않는다고 해도 진지하게 받아들이십시오.

그랬다면 어땠을까?

잠시 상상의 나래를 펼쳐보겠습니다. 내일부터 방이 마흔두 칸이나 있고 문이란 문은 모두 도금된 으리으리한 성에서 산다면 어떨까요? 아침에 일어나면 집사가 구두를 닦아주고, 눈빛만으로도 당신이 원하는 것이 무엇인지를 알아차립니다. 오늘 화성 여행길의 짐을 챙긴다면 어떨까요? 화성에 있는 깊은 협곡을 걸으려면 어떤 신을 가져가야 좋을까요? 당신은 어쩌면 오래전부터 세계 여행을 꿈꿔왔을지도 모릅니다. 오늘 1년 예정으로 호주, 사모아, 하와이를 경유하는 세계일주를 하기 위해 짐을 싼다면 어떨까요?

이런 상상을 펼쳐보면 처음에는 무척 매력적으로 보이겠지요. 그러나 상상에 몰두하는 것도 잠시입니다. 실현될 가능성이 그 어디에도 없다는 사실을 금세 떠올리게 될 테니 말입니다.

그렇지만 남녀 사이에서는 문제가 전혀 다릅니다. 이별과 이혼의 강을 건너온 사람들은 '그랬다면 어땠을까?'라는 미련을 버리지 못하고 의미 없는 생각에 골몰하며 몇 날, 몇 달을 보내기 일쑤입니다. '그랬다면 어땠을까?' 유형의 사람들이 전형적으로 이런 생각에 빠져 삽니다. 즉, 그때 자신이 실제로 했던 것과 다르게 행동했다면, 혹은 어느 특정한 사건이 실제로 진행된 것과는 달리 일어났다면 어떻게 되었을까 하는 생각을 곱씹는 것입니다. 예컨대 부부싸움을 하고 있는데 시어머니가 연락도 없이 찾아오지 않았더라면, 혹은 그날 텔레비전에 빠져 있지 않았더라면 어떻게 되었을까, 하는 생각에 빠집니다. '그랬다면 어땠을까?'라는 생각을 날마다 업그레이드하며 상상에 상상을 거듭거듭 덧칠합니다. 이런 생각들은 상황적 요인을 비롯해 본인의 행동이나 배우자 혹은 애인의 행동과도 결부될 수 있습니다.

헬렌은 애인과 헤어졌다. 애인이 자주 폭력을 행사했기 때문이다. 그러나 헤어진 뒤 헬렌은 '그랬으면 어땠을까?'라는 생각 때문에 괴로웠다. 애인이 매력적으로 보인 순간에 피했더라면 혹은 그에게 무슨 말을 하는 대신에 그저 한번 안아주었더라면 어떻게 되었을까 등등을 놓고 반추에 반추를 거듭한다. 애인이 보인 폭력성의 원인도 살펴본다. 어쩌면 그의 폭력성은 어릴 때 이미 형성되었을

지도 모른다. 그의 아버지가 아들을 좀 더 인정해주었더
라면, 혹은 어머니가 직장 생활을 하지 않았더라면 어땠
을까? ……

다음에 열거된 생각들은 '그랬다면 어땠을까?' 유형의 사람들
을 괴롭히는 전형적인 생각입니다.

생각	보기
과거에 집착하는 생각	"내가 달리 행동했더라면……." "내가 그렇게 말하지 않았더라면……." "내가 좀 더 살가운 성격이었다면……." "내가 침묵하지 않았더라면……." "내가 이번 휴가만 떠나지 않았더라면……."

'그랬으면 어땠을까'라는 생각에 너무 깊이 빠지면 달라진 현
실을 딛고 일어서지 못합니다. 당신은 검증할 수 없는 일만 생각
합니다. 이미 터진 일을 되돌리려고 죽을힘을 다해보지만, 실제
로 이루어지기는 힘듭니다. 위에 소개한 사고 전략은 이제는 아
무 도움도 되지 않습니다. 이런 생각을 하면 더욱 고독해지고 고
통스럽기만 할 뿐입니다. 왜냐하면 달리 행동했다면 결과가 달라
졌을 거라는, 잘못된 방식의 믿음을 가지고 있기 때문입니다. 둘
이 함께했던 시간은 당신의 태도로만 달라진 것이 아닙니다. 애
인이나 배우자의 성장 과정과 그 결과 형성된 성격에도 좌우되

는 것입니다.

당신은 매순간 분명히 최선을 다했습니다. 현실을 의식하며 '그랬다면 어땠을까?'라는 생각을 다스리십시오.

과거는 지나갔다. 달라질 건 아무것도 없다.

나는 지난날 잘못한 일들에 대해 나를 용서한다.

'그랬다면 어땠을까?'라는 생각을 '이제는 ……할 수 있을 텐데'라는 생각으로 바꾸십시오. 이를테면, 다시 취직하기 위해 당신이 오늘 할 수 있는 일은 무엇이겠습니까?

내 미래는 캄캄해

우리는 현재를 살지만, 생각과 상상은 미래를 향합니다. 누구나 자신의 미래가 과연 어떻게 전개될지, 확고한 상을 마음에 품고 있습니다. 그러면서 자신이 원하는 것을 꿈꾸고 어두운 기억에서 벗어나 더 나아지기를 바랍니다. 자신의 생각이 어떻게 실현될 수 있을지 골똘히 생각하기도 하지요.

헤어질 때가 되면 지금까지 품어온 미래의 청사진이 갈기갈기 찢겨집니다. 갈 길을 새롭게 정하는 것은 먼저 이별을 통보한 사람에게 한결 수월합니다. 그런 사람은 이별하면서 자신에게 찾아온 기회에 주목합니다.

프란츠는 이혼했다. 첫사랑을 다시 만났기 때문이다. '부부관계도 없는 죽은' 결혼 생활을 했다고 프란츠는 고백한다. 그에게 이혼은 곧 첫사랑과 성적으로 만족스러운 관계를 맺으리라는 기대와 연결된 것이다.

남은 사람은 이별의 아픔을 극복해야 비로소 미래가 긍정적으로 보입니다. 헤어진 직후 혼자가 되면 미래가 지극히 부정적으로 그려질 수 있습니다. 버림받은 사람은 미래를 낙관적으로 바라보지 못합니다. 심지어 나쁜 일이 생길지도 모른다고 상상합니다.

프란츠의 전 부인 리사는 이혼한 뒤 오히려 자신에 대한 믿음이 강해지고 의욕이 넘쳤다. 처음에는 이제 다시는 좋은 사람을 만날 수는 없을 거라는 생각에 낙담했다. 둘이 함께 있어야만 힘을 얻을 수 있다고 생각한 리사는 우울증과 자살 충동을 느끼며 자신을 부정적으로만 받아들였다.

어느덧 고통의 시기가 지나고 4년 뒤, 리사는 심리치료 과정을 밟으며 새 인생을 시작했다. 동호회에도 나가고 결혼정보회사에도 가입하면서 곧 새 인연을 만났다.

'내 미래는 캄캄해' 유형은 대부분 미래의 삶을 어떻게 평가하느냐 하는 관점을 반영합니다. 자신이 어떤 운명적 사건에 휘말려들었다는 생각이 들면 본인의 행위 능력을 믿기가 어려워집니다. 하지만 이 능력을 가동하고 발휘하는 것이야말로 당신이 현재 이뤄야 할 목표입니다. 그래야 자신의 소망을 실현하고 고통스러웠던 지난날에서 벗어나 다른 방향으로 나아갈 수 있습니다. 다음에 제시된 생각들에서 어떤 결과가 나올지 살펴보십시오.

생각	보기
자신감이 없는 생각	"이제 다시는 좋은 사람을 만나지 못할 거야. 나는 유머 감각도 없고 매력도 없어. 게다가 교양도 없고 대인관계 능력도 부족하잖아." "마음에 드는 남자/여자가 전혀 없어."
미래의 불행에 대한 생각	"내게는 운이 따르지 않아." "새 가정을 꾸려도 나는 남들처럼 행복하지 않을 거야." "삶은 가혹해. 온통 풀지 못할 문제뿐이야."

이런 생각들은 마법처럼 작용합니다. 이 세상에 태어났을 때 마치 누군가 당신에게 저주의 말이라도 퍼부은 듯 말입니다. 하

지만 그렇지 않습니다. 당신은 어린 시절의 경험과 그 후의 환경 때문에 은연중에 자신이 원하는 삶을 살 수 없다는 확신에 이른 것입니다. 어린 시절에 주위의 너무 큰 기대에 억눌리면서도 기댈 곳 하나 찾지 못한 사람들은 스스로 현재와 미래를 자신이 통제할 수 없다고 여기는 경향이 무척 강합니다. 자신이 두려워하는 일이 실제로 일어나기라도 한 것처럼 행동하지요. 그렇게 되면 어떤 상황에서든 그때그때 일어나는 불리한 일이 여과되어 결국 부정적인 기대를 입증하는 셈이 됩니다.

진리
아무리 현재가 어둡더라도 생각을 통해 미래를 설계해야 한다.

좋은 생각
나는 기적을 일으킬 준비가 되어 있다.

권고
- 미래를 부정적으로 보는 생각을 벗어던지십시오. 긍정적인 미래를 그려보는 연습을 해보십시오.
- 5년 뒤 모든 것이 최적의 상태에 있는 모습을 그려보십시오. 그 상황을 낱낱이 적어보십시오. 자신의 삶에 최선의 선택을 했다는 사실을 늘 염두에 두십시오.

나 없이는 아무것도 못 할걸

부부가 함께 살다 보면 어느 한쪽이 상대방보다 책임과 의무를 더 많이 떠맡는 경우가 많습니다. 그러다 보면 자신이 상대방에게 없어서는 안 될 존재라고 확신합니다. 그러면서 배우자를 나약하고 능력 없는 인간이라고 평가합니다. 자신이 도와주지 않으면 배우자는 자기 삶을 잃어버릴지도 모른다고 여길 때, '보살핌을 받는 사람'은 자신에게 숨어 있는 능력을 깨닫지 못합니다. 둘의 관계가 끝날 때 이런 사람은 여태껏 받아온 도움 없이는 살아가기가 어렵습니다.

귄터와 엘비라는 이혼했다. 서로를 사랑하지 않은 지 이미 오래되었기 때문이다. 남편은 새로 구한 집에서 홀로 방치되어 있을 거라고 엘비라는 생각한다. 그리고 자기가 해주는 요리가 아니고는 제대로 된 식사도 하지 못할 거라고 여긴다.

미셸은 아침마다 남편에게 어울리는 옷을 준비했다. 그래서 이혼한 뒤로는 은행장인 남편이 옷도 잘 챙겨 입지 못할 거라고 생각한다. 승진을 앞둔 남편이 고객들에게 웃음거리가 되면 결국 출셋길이 막힐 거라고 상상한다.

이별 후
당신을 괴롭히는 생각들

두 사례는 전 부인이 '없어서는 안 될' 존재라는 것을 보여줍니다. 당신이 이런 생각을 하고 있다면, 그것은 자신의 감정과 대면할 기회를 소홀히 한 것입니다. 떠난 사람을 향하는 이런 생각들은, 배우자가 이혼 후 혼자서는 자기를 돌볼 수 없으리라는 상상에서 빚어진 것입니다. 하지만 그것은 역시 착각입니다.

'나 없이는 아무것도 못 할걸' 유형에서는 두 가지 상반된 감정 반응이 일어날 수 있습니다. 하나는 복수하겠다는 동기에서 비롯된 반응입니다. 당신은 옛 애인이, 배우자가 앞으로 잘못되기를 내심 바라면서 만족을 찾습니다. 헤어진 후 상대방이 대인관계에서도 직장 생활에서도 전전긍긍하는 모습을 그리며 사회에서도 직장에서도 매장당하기를 기대합니다.

다른 하나는 본인과 곤경에 처한 상대방을 동일시하는 것입니다. 그/그녀를 구할 수 있는 사람은 당신뿐이라고 믿습니다. 그 다음에는 그/그녀가 당신에게 돌아온다면 어떨까, 하고 상상합니다. 당신 없이는 만족스러운 삶을 살 수 없다는 사실을 상대방은 알고 있으니까요. 애인이나 배우자가 돌아와 당신과 화해하는 장면을 열심히 그려봅니다. 그/그녀가 당신 앞에 무릎 꿇고 용서를 구하며 당신 없이는 못 살겠다고 고백하는 장면을 선명하게 그려보는 것입니다.

이런 메커니즘은 다음과 같은 생각들을 불러일으킵니다.

> "그/그녀는 나 없이는 못 살 것처럼 보여."
> "그/그녀는 혼자서는 먹고살 수 없어."
> "그/그녀는 후회하며 내게 돌아올 거야."
> "그/그녀는 나만 한 사람은 없다는 걸 다른 사람을 만나면 깨닫게 될 거야."
> "그/그녀는 이제 더는 행복하지 못할 거야."
> "그/그녀는 나 없이 그 일을 해낸다는 게 얼마나 어려운지 이미 깨달았을 거야."

　당신은 이런 생각에 젖어 떠난 이에게 금치산자 선고를 내리고, 현실과는 전혀 동떨어진 상황을 상상합니다. 그러나 떠나간 그 사람은 당신을 알기 전에도 자신의 삶을 잘 살아왔고, 헤어진 지금도 그 길을 계속 걸어갈 수 있습니다. 그 사람은 성인입니다. 당신이 돌봐야 할 어린아이가 아닙니다. 그런데도 당신은 자신의 욕구와 소망, 목표를 실현하는 일보다는 상대방에게 어떤 곤경이 닥쳤는지를 더 중요하게 여기고 있습니다. 그런 생각만 하다 보면 결국 당신만 더 힘들어집니다. 다른 사람의 인생에 몰두하는 데 가진 힘을 다 소진하면서, 정작 자신의 삶을 적극적으로 설계하는 일에는 소홀하고 맙니다.

　사람은 누구나 홀로 설 수 있어야 한다.

나는 내 욕구를 충족시키는 일에도 주의를 기울이겠다.

헤어진 후 당신과 당신의 짝이 함께 배울 점이 있습니다. 이별은
두 사람이 더 발전하고 새로운 삶을 펼칠 기회라는 사실을 유념하
십시오.

이별 후
당신을 괴롭히는 생각들

Chapter **0 7**

감정에도 나름대로 논리가 있습니다.

이별한 지금이야말로 당연히 강력한 감정이

가슴속으로부터 터져 나올 수도 있다는 사실을 인정하십시오.

한바탕 북받쳐오르던 거센 감정이 수그러진 뒤에야

비로소 자신을 다독이고 일어설 수 있습니다.

이별 후
당신을 괴롭히는 감정들

사람이 살다 보면 누구에게나 마음의 짐이 쌓일 때가 있습니다. 이 짐이 얼마나 무겁게 느껴지느냐는 스스로 이 힘든 상황을 다스릴 수 있다고 믿는 마음에 좌우됩니다.

이별과 이혼은 특히 무거운 짐입니다. 그 대가로 삶의 형태가 확 달라지고, 새로운 상황에 적응해야 하니까요. 지금까지 자신에게 소중했던 사람을 잃었으니 그동안 몸에 밴 생활 패턴이 정지됩니다. 꿈이 흔들립니다. '새로운 삶'을 펼치려던 계획이 와르르 무너집니다. 뭔가 위태롭게 느껴지고 무력감까지 들면서 감정이 격양됩니다.

이런 부정적인 감정들이 일상을 송두리째 지배할 수 있습니다. 당신은 고통과 절망에 휩싸여 자신이 정신적으로 갇혀 있다고 느낍니다. 부글부글 끓어오르는 감정을 다스릴 내적 창구가 있으면 좋겠다고 간절히 바랍니다. 모든 감정은 특별한 사고 과정이나 행동 방식, 몸짓의 레퍼토리와 연관된 것입니다. 자신을 스스로 통제할 수 있다면 속에서 아무리 분노가 치밀어도 전혀 드러내지 않고 행동할 것입니다. 감정에 맞서 싸운다거나 부정하거나 비판하면, 늘 에너지를 빼앗깁니다. 마음이 늘 공격을 당합니다.

여기서는 이별의 갈림길에서 나타나는 감정들을 살펴보겠습니다. 형형색색으로 빛이 변하는 거울로 자기 모습을 바라보듯이 당신의 내면을 환히 들여다보십시오. 이별이 마음의 짐이 되어버린 상황에서 당신의 감정 세계가 얼마나 다양한지를 거울을 통해 확연히 볼 수 있을 것입니다. 여기에 제시된 감정들을 살펴보고 하나하나 열거해본다면 자신의 감정을 애정을 갖고 맞아들일 수 있습니다. 사방을 둘러봐도 기댈 곳 하나 없는 무기력한 상태에서 뛰쳐나와 자유의 길로 나아가는 데 든든한 동반자도 얻을 수 있습니다.

자신의 감정에서 달아나려고 몸부림치는 것은 마치 숨을 참는 일만큼이나 어렵습니다. 이별과 이혼으로 솟아오르는 감정은 아무리 애를 써도 떨쳐낼 수가 없습니다. 불쾌하고 괴로운 감정에서 빠져나오려고 발버둥을 쳐도 역효과만 날 뿐, 오히려 혐오감은 더욱 커질 수 있습니다. 당신은 미처 의식하지 못하지만 거세게 충돌하는 감정들이 억눌린 채 잠재의식에 저장되어 당신의 기분이나 상태에 심각한 영향을 미칩니다. 부정적인 감정도 당신의 삶과 역사의 일부입니다. 이별에 직면해 덮치는 모든 감정을 솔직히 시인할 때, 달라진 현실에서 비롯된 실망과 좌절을 열린 마음으로 느끼고 그 부정적인 감정들과 교류하는 법을 배울 수 있습니다. 자기 자신을 진지하게 받아들이고 마음속에서 일어나는 감정에 부적절하게 저항하지 않을 때 마음의 상처는 치유될 수 있습니다.

온 우주에 혼자 남겨진 듯한 고독감

더 활동적이고 감수성이 예민한 사람일수록 이별 후에 찾아오는 고독 또한 지독하게 큽니다.

상대방은 이미 떠났지만 그/그녀의 추억은 곳곳에 서려 있습니다. 벽에 걸렸던 옷은 모두 없어졌고, 아침이면 그이가 즐겨 쓰던 찻잔도 이제는 비어 있습니다. 책과 잡지를 넣어둔 책장도 텅 비었습니다. 어디를 둘러보아도 그 사람을 다시 만날 것만 같습니다. 구석구석마다 추억이 생생하게 살아 있습니다. 추억들이 섬광처럼 떠올랐다가 고통만 남기고 사라집니다. 그러나 다시 예전으로 돌아갈 수는 없는 일입니다.

결혼 생활에는 주기가 있습니다. 정해진 일상이 늘 반복되지요. 함께 아침을 먹고, 주말이면 교외로 나들이를 갑니다. 집을 장만할 계획을 함께 세우고, 그/그녀에게 걸려온 전화 등등 부부가 공유하는 일상은 이루 헤아릴 수 없이 많습니다. 지금까지 둘이 함께한 일상이 마치 잠재의식에 저장되어 있는 듯합니다. 추억에서 벗어나려고 아무리 몸부림쳐도 떠난 사람의 모습이 새록새록 떠오릅니다. 저녁이 되면 마치 그/그녀가 퇴근하고 돌아와 문을 열고 들어올 것만 같습니다.

떠난 사람이 당신과 함께한다면 그것은 환영일 뿐입니다. 그런데도 당신은 그 사람을 생각하고 느끼고 염려합니다. 함께 있다는 생각에서 벗어나면 자신이 버림받았다는 느낌, 보호받지 못한다는 느낌으로 귀결됩니다. 당신은 다시 혼자가 되었습니다. 손 닿는 곳마다 자신이 혼자라는 사실을 알려주는 것뿐이니 한없이 외롭습니다. 고독감이 엄습합니다. 밤이 되어 잠들기 전 곁에 아무도 없다는 사실을 의식할 때, 혹은 식탁에 홀로 앉아 꾸역꾸역 밥을 먹으며 누군가를 기다리는 마음을 털어내지 못할 때 고독이 물밀듯 밀려옵니다. 고독감은 누군가에게 속하고 싶다는 갈망을 불러일으킵니다. 가까워지고 싶은 열망 때문에 당신은 이미 가버린 사람에게 여전히 매달려 그/그녀에게 전화하라고 애원할지도 모릅니다.

고독은 정신을 마비시킬 수도 있는 위기입니다. 마치 어두컴컴한 감옥에 갇혀 있는 것 같습니다. 바깥 세계와는 완전히 단절

된 채 고통의 늪에 빠져 있습니다. 당신에게 아무리 호의적인 사람이라도 그 고통을 거둬 가지는 못합니다.

혼자 있다는 것은 매일이 지옥 같습니다. 홀로 있다 보면 자기 자신과 대면하게 되고, 마음속에 억눌러둔 감정과도 만나게 됩니다. 이제부터는 집안일은 물론 사회생활도 혼자서 책임져야 한다는 불안감도 듭니다.

당신은 고독을 맛보며 자신을 치유할 생각에 이런저런 시도를 해봅니다. 기분을 풀고 싶어서 외출을 하기도 하고, 어떤 일에든 마구잡이로 달려들 수도 있습니다. 무리하게 일에 매달릴 수도 있고 헬스클럽을 다니며 몸 만들기에 빠져들 수도 있겠지요. 하지만 이때 주의를 딴 데로 돌리는 것이 문제입니다. 그렇게 하면 외로움이 주는 고통을 잠시 줄일 수는 있겠지만, 당신이 애타게 바라는 심리적 안정을 얻지는 못합니다. 시간이 흘러야 합니다. 이 세상에 나만이 홀로 있다는 고독감이 짓눌러오는 고통은 시간이 지나야만 치유될 수 있습니다. 고독감이야 얼마나 크든, 자기 자신 안에서 피난처를 발견하는 일이 중요합니다. 그래야 다시 행복해질 수 있습니다. 고독은 곧 자기 자신에게 다가가지 못한 상태를 말하는 것입니다.

진리

버림받은 사람은 외로움이 깊다. 그러나 홀로 있음에서 새롭고 충만한 삶을 위한 싹이 터서 자란다.

나는 고독을 맛보는 가운데 풍요로운 내면 세계를 발견한다.

눈을 감고 당신의 몸 어딘가에 피난처가 있다고 상상하십시오. 그
부위에 두 손을 얹고 숨을 그쪽으로 돌리십시오.

세상 무엇에서도
의미를 찾을 수 없는 상실감

이미 관계가 끝났다는 사실을 받아들여야 한다는 것은 크나
큰 충격입니다. 현실이 송두리째 달라졌으니 지금까지 살아온 삶
에 회의가 들기 때문입니다. 마치 거친 파도에 떠밀려 무인도에
조난한 느낌이 들겠지요. 눈앞에 펼쳐진 길은 위험과 기회를 가
늠하기 어렵습니다. 그런 막막한 상황에서 무엇을 해야 할지 모
를 때가 많습니다. 새로운 삶을 어떻게 살아나가야 할지, 과연 잘
해낼 수 있을지 알 수가 없습니다.

지금까지 둘이 함께 꿈꿔왔던 미래가 무너진 것은 분명 위기
라고 할 수 있습니다. 놀랍고 당혹스럽겠지요. 이별은 통절한 체
험입니다. 지금까지 익숙했던 생활이 끝나고, 새로운 물음들을
던지게 됩니다. "앞으로는 어떻게 될까?" "이렇게 된 원인이 뭐

지?""이 고통스러운 체험에는 어떤 의미가 있을까?" 당신은 계속 싸우겠습니까? 아니면 그만두겠습니까? 움켜쥐겠습니까? 혹은 내려놓겠습니까? 당신은 어떤 생각을 포기해야 합니까? 어떤 생각을 더 붙잡고 싶습니까?

이런저런 물음들을 던지다가 결국 자기 자신과 대결합니다. 지금이 "나는 누구지?"라는 근본적인 물음에 대답할 때입니다. 이제 '우리'에서 '나'가 됩니다. 자기 자신과 만납니다. 자신 안에서 생생하게 감지된 여러 가지 면과 대결해야 합니다. 당신의 삶을 다시 올바른 방향으로 되돌리려면 무엇을 해야 할까요? 다시 혼자가 되어 아이들과 행복한 삶을 꾸려가려면 어떻게 해야 할까요?

당신은 자신의 역사를 써나가는 작가로서 이제 새로운 장을 쓰기 시작해야 합니다. 지금까지 살아온 삶이 무슨 의미가 있는지 의혹이 든다면, 이별 뒤의 삶 역시 의미 없게 여겨질 것입니다. 지금까지 살아온 삶이 의미를 잃으면 이제 더는 아무것도 못할 것만 같은 상태가 됩니다. "무엇을 위해 이 모든 걸 하지?"라는 물음과 대결하면서 활기는 잦아들고 삶은 마치 정지한 듯 보입니다.

이별은 삶을 포기하지 말고 자신의 운명을 맞아들이라는 요청입니다. 이별이나 이혼이라는 현실이 당신을 시험하고 그 속에서 긍정적인 의미를 찾아보라며 당신에게 도전한 것입니다. 사람은 누구나 자신의 삶을 향해 마음을 여는 능력이 있고, 자신이 구하는 것을 찾을 능력도 있습니다. 의미를 상실했다는 느낌이 당신의 안팎에서 새로운 마음의 고향을 찾도록 밀어주고, 새로운 가치와 이상을 찾고 그것을 향해 나아가도록 끌어줍니다. 당신은 이제 삶의 활력과 주의력을 당신 자신에게로 되돌려야 합니다. 그때 비로소 이 '나'가 도대체 누구인지, 나의 능력과 강점은 어디까지인지, 또 나의 약점과 한계는 어디까지인지 다시 한 번 분명히 알게 될 것입니다.

의미 상실감에는 특별한 마법이 있어 당신에게 좋은 영향을 미칠 수 있다는 것을 믿으십시오. 당신이 물음을 많이 던질수록 마음속에서는 더 많은 치유 에너지가 요동칩니다. 당신이 던지는 물음들이 잠재의식에 영향을 주면서 답을 구하고 찾아내도록 고무합니다. 당신은 삶의 키를 다시 자신의 손에 꼭 쥘 수 있습니다.

진리
자기 자신과 대결할 때 비로소 새로운 삶의 의미와 희망을 품을 수 있다.

좋은 생각
나는 내게 들려오는 마음속의 메시지와 바깥 세계에서 들려오는 메시지에 마음을 활짝 연다.

권고
중요한 물음들을 종이에 적으십시오. 눈을 감고 답을 바로 보내달라고 잠재의식에게 부탁하십시오. 그리고 그 답은 마음속 생각이나 바깥 세계에서 주는 정보, 혹은 꿈의 형태로 받을 수 있다는 것을 믿으십시오.

영혼의 어둡고 어두운 심연, 절망

혹시 다리를 마취해본 적이 있습니까? 다리에 감각이 돌아올 때는 바늘로 콕콕 찌르듯 알알한 느낌이 들지요. 이러한 느낌에 꼭 들어맞는 비유가 절망감입니다. 절망은 무감정이 아닙니다. 오히려 명료한 감정으로서 억압되지 않고 고통스럽게 느낄 수 있습니다.

절망감은 '영혼의 어두운 밤'이라고 표현할 수 있습니다. 슬픔이 극에 달하면 우리는 더 이상 참을 수 없는 한계에 이르렀다고 여깁니다. 주위를 둘러싼 모든 것이 의미를 잃어버리고, 마음속의 고통은 납덩이처럼 가슴을 짓누릅니다. 이 무거운 덩어리 때문에 숨을 쉴 수도 없고 어떤 생각도 할 수가 없습니다. 무겁고 답답한 느낌은 점점 더 커집니다.

견디기 힘든 절망감을 끝내고 싶은 마음 또한 더욱 절박해집니다. 절망감을 몰아내려고 온갖 시도를 해보지만, 대부분은 실패하고 맙니다. 절망이란 녀석은 찰거머리처럼 딱 달라붙은 길동

무이니까요. 우리가 어디를 가든 집요하게 따라다니며 모습을 드러냅니다. 자신이 마치 절망에 무기력하게 넘어간 듯한 기분에 사로잡혀 비참해지기도 합니다. 이런 참담한 마음으로는 자신 있게 밖으로 나오기가 무척 어렵습니다.

한바탕 눈물을 쏟아내고 나서야 비로소 처음으로 홀가분한 마음이 듭니다. 드디어 절망감이 물러가고 그동안 막혔던 에너지가 다시 힘차게 분출됩니다. 펑펑 울 때마다 상심했던 마음이 치유됩니다. 절망에 빠졌을 때 뺨을 타고 줄줄 흘러내리는 눈물은 청량제입니다. 절망의 바닥까지 갔을 때 기적처럼 갑작스러운 반전이 일어납니다. 마치 눈물이 마음속을 정화하는 것 같습니다. 이제 당신은 그동안 팽팽했던 긴장이 풀리면서 희망에 가득 찰 것입니다.

당신은 이별을 받아들이고 이제 자신의 길을 헤쳐나가려고 애를 씁니다. 시간이 지나면 어느덧 절망이 누그러지고 무감각이나 무력감도 걷힙니다. 새로운 인생 목표를 세우기 시작할 때 비로소 절망은 사라집니다.

진리
절망을 시인해야 마음속 변화가 시작된다.

좋은 생각
내가 흘리는 눈물은 정화수다.

- 당신에게 호의적인 사람들을 믿으십시오. 이별의 아픔을 견디 기가 한결 수월해질 것입니다.
- 앞날을 긍정적으로 설계하십시오. 당신이 오랫동안 품어온 소망 을 떠올리십시오. 그리고 그 소망을 이루겠다고 결심하십시오.

언제 터질지 모르는 시한폭탄, 분노

복수를 꿈꾼다면 자신의 상처를 열어 보이는 셈이다.

– 프랜시스 베이컨

그동안 함께해온 사람과 갈라설 때 솟구치는 분노에는 다양 한 원인이 내재할 수 있습니다. 분노가 표현되는 방식은 대부분 지금까지 살아온 삶의 경험에서 비롯됩니다. 당신이 관계를 잘 유지하려고 더 애썼다면, 헤어진 뒤에 터져 나오는 분노 또한 더 욱 거세겠지요.

분노하면 마음이 불안하고 흥분됩니다. 짜증나고 격분합니다. 극단적인 경우에는 증오를 넘어 폭행까지 가하게 되지요. 이렇듯 분노가 고조되면 현재의 상황을 똑바로 보지 못합니다. 이 순간 당신의 인지 능력은 제한될 수밖에 없습니다.

분노는 온몸으로 느낄 수 있습니다. 마치 몸에 전류가 흐르는 것 같기도 하고, 언제 터질지 모르는 시한폭탄을 안고 있는 것 같기도 합니다. 의식과 무의식의 경보기가 울립니다. 그리고 자신을 변호해야겠다는 마음이 들면서 분노가 솟구칩니다. 그렇게 폭발하고 나면 위협으로 생긴 긴장감이 자신을 압박합니다. 분노를 표출하고 나면 몹시 흥분한 상태가 됩니다. 그런데 이렇게 화를 내고 나면 속이 무척 시원한 느낌이 들기도 합니다. 노여움이 잦아들고 긴장이 가라앉으니까요.

상대방은 당신을 실망시켰습니다. 어떻게 대처해야 할지 알 수 없는 행동을 한 것이지요. 당신은 그/그녀의 행동을 공격이자 위협으로 여기고, 거기에 단호하게 대응해야 한다고 결심합니다. 분노를 자기방어기제로 합리화하면서 상처받은 자존심을 보상받으려고 애씁니다.

상대방과 티격태격 싸울 때마다 화는 점점 더 커져만 갑니다. 분노가 거세지면 상대방에게 일어나는 일이 모두 잘못되기만 바랄 수도 있습니다. 그러나 이렇게 격분한다고 해도 참담한 현실은 달라지는 것이 없습니다. 오히려 또 다른 상처를 받는 경우가 허다하지요. 당신이 자신을 존중하지도 않고 인정하지도 않기 때문입니다. 본디 필요한 것은 바로 자기를 받아들이는 일인데 말입니다. 자신이 퍼붓는 분노에 무기력한 희생양이 되면, 이 분노로 인해 자학을 하게 되는 경우도 있습니다. 분노를 삭이고 억누르는 것도 역시 좋은 방법은 아닙니다. 공격적인 에너지를 자기자신에게 쏟아부으면 우울증으로 발전할 수 있기 때문입니다.

그렇다면 어떻게 해야 할까요? 분노와 증오심을 기회로 받아들여야 합니다. 언젠가는 사랑한 사람 때문에 맛본 실망감을 깨닫고 인정할 날이 올 것입니다. 자신이 속을 수도 있다는 사실을 시인해야 합니다. 자신이 그려왔던 이상형에 빠져 애인의 단점을 제대로 바라보지 못했을 수도 있습니다. 혹은 함께 살면서 부부 사이에 금이 가고 있는데도 애써 외면했을지도 모릅니다.

현실을 직시할 마음의 준비를 하고 지난날의 잘못에 대한 책임을 스스로 떠맡을 때 비로소 분노가 가라앉습니다. 당신은 지금까지 상대방을 잘못 평가했거나 자신에게 맞지도 않는 조건에 순응하려고 애썼겠지요.

자신을 깊이 관찰하면서 화에 가려져왔던 실망과 상처를 느껴보십시오.

환멸을 느낄 때 분노가 활활 타오른다.

내가 분노를 느끼게 된 원인이 무엇인지 이해하는 법을 배운다.

- 분노를 다른 방향으로 돌리십시오. 이를테면 베개를 친다든지 큰 소리로 비난을 퍼부으십시오. 혹은 방에서 쿵쿵 발을 구르며 걷거나 부드러운 공을 손에 쥐고 힘껏 누를 수도 있습니다. 아직 이글대며 남아 있는 분노 에너지가 완전히 방출될 때까지.

- 떠나간 사람에게 분노가 담긴 편지를 쓰십시오. 어떤 표현이라 도 좋습니다. 편지를 쓰면서 말로 분풀이를 하십시오! 다 쓴 편 지는 잠시 그대로 두고, 편지를 정말 부칠 것인지 아니면 막힌 감정을 뚫는 방법으로만 이용할 것인지는 나중에 결정하면 됩 니다.

잘못 투약된 진정제, 죄책감

나는 나를 용서한다. 지금에야 알게 됐지만, 그때는 몰랐으니까.
– 얀 보레네

죄책감은 잘못 투약된 진정제 같은 것입니다. 죄책감이 들면 행동이 움츠러들고 생각이 느슨해지며 자존감이 약해집니다. 죄 책감은 자신이 거부당했다는 것을 받아들이는 데서 비롯됩니다. 이를테면 자기를 비난하면서 생기는 감정이지요.

재판정에서 증인이 피고에게 죄를 씌우듯, 당신은 지난날의 실수와 잘못된 행동을 들어 자신을 질책합니다. 자신의 약점은 지나치게 강조하지만 강점은 가볍게 여깁니다. 상대방이 떠난 것 을 본인 책임으로만 돌리려고 합니다. 온통 그 생각에만 빠져 눈 앞의 현실은 보지 못합니다. 마치 무거운 짐에 억눌려 고통을 당하는 듯합니다. 이러한 멍에에 스스로 묶여 자신을 억압하고 희망을 외면하며 미래를 어둡게만 보는 것입니다.

당신이 모든 잘못을 자신에게 돌리는 성향을 지녔다면, 그것은 아마도 어린 시절 습득된 정서적 반응일 것입니다. 당신은 부모님이나 선생님에게 받은 영향으로 자신이 다른 사람들의 기준과 잣대를 따라가지 못한다고 굳게 믿습니다. 이런 면에서 당신은 아직 유아적 사고와 감정에서 벗어나지 못했습니다. 갈등이 빚어진 사건을 왜곡하여 오로지 자기 자신과 관련지어 인지하니 말입니다. 그리하여 다시 그런 상황이 오면 과연 그것이 자신의 책임인지 되돌아보지 못하는 것입니다.

전혀 다른 상황에서도 죄책감으로만 반응하니 아마도 다른 사람들을 만족시키려고 더욱 애를 쓰게 될 겁니다. 이런 사람은 과거의 포로나 다름없습니다. 모든 것을 놓아버리고 새로운 것을 만들어나가는 가능성을 스스로 제한하게 되는 것이지요. 이러한 자기비판적 사고는 본인은 물론이고 곁에 있는 사람들에게도 아무런 도움이 되지 않습니다.

자기 자신에게 높은 기대를 거는 습성에서 자유로워져야 합니다. 누구도 완벽할 수 없고 또한 앞으로도 결코 완벽해질 수는 없다는 점을 인정하십시오. 다시는 자신에게 잘못을 돌리지 않겠다고 다짐하고, 자기비판을 하기보다는 무엇이 잘못되었는지를 찾으려 할 때 마음의 짐이 가벼워집니다.

떠나간 사람도, 그/그녀의 부모도, 혹은 다른 어느 누구라도 당신에게 잘못을 돌린다면 단호히 맞서야 합니다. 당신의 동의 없이는 그 누구도 당신에게 책임을 물을 수 없습니다. 모든 상황은 다양한 관점에서 관찰해야 합니다. 선을 명확히 긋고 자신을 지키십시오.

진리

죄책감으로 반응하는 성향은 어릴 때 습득된 것이므로 다시 버릴 수도 있다.

좋은 생각

나는 날마다 조금씩 자신을 존중하는 연습을 한다.

권고

상대방의 어떤 행동 방식 때문에 둘 사이가 나빠졌는지 적어보십시오. 죄책감이 들 때마다 적은 내용을 손에 들고, 이별의 책임은 그/그녀에게도 있다고 자신에게 말하십시오.

모든 것이 지난 후에

연인이나 배우자와 헤어질 시점이 오면 만감이 교차합니다. 앞에서 예로 든 감정들은 이별 후에 느끼는 다양한 감정 중 일부에 지나지 않습니다. 갈라서는 상황에서는 여러 가지 감정이 뒤

섞일 수 있습니다. 한편으로는 분노가 일면서도 또 한편으로는 마냥 슬프고 불안할 수도 있고, 갈등에 빠질 때마다 절망감이 들면서도 용감하게 일어설 수도 있습니다.

감정은 신체적 반응을 유발합니다. 예컨대 분노가 솟구치면 심장박동이 빨라지고 진땀이 흐르며 손이 떨립니다. 근육이 뭉치거나 경련이 일어나기도 하지요. 그런 신체적 반응 때문에 무기력해질 수 있습니다. 자신의 감정과 몸을 더 이상 스스로 제어하지 못한다고 여겨지기 때문입니다. 그러나 거센 감정이 요동치는 것은 순간입니다. 격한 감정이 일 수는 있지만, 오래 지속되지는 않습니다. 사람이 온종일 분노하거나 불안해하는 일은 드뭅니다.

감정은 순간순간 변할 수 있습니다. 어느 순간 냉정해지다가도 다음 순간에는 감정에 압도되기도 합니다. 감정에도 나름대로 논리가 있습니다. 이별한 지금이야말로 당연히 강력한 감정이 가슴속으로부터 터져 나올 수도 있다는 사실을 인정하십시오. 한바탕 북받쳐오르던 거센 감정이 수그러진 뒤에야 비로소 자신을 다독이고 일어설 수 있습니다.

Chapter 08

이별을 겪는 그 순간,

다른 사람들의 도움만을 기대해서는 안 됩니다.

치유를 위해 노력할 일차적 책임은

이별을 겪어내는 본인에게 있습니다.

미래를 향해 떠나는
모험의 여행길

　이별한 이들이 자신을 스스로 불운한 상황의 희생양이라고 여길 때 이별과 이혼은 특히 마음에 무거운 짐이 됩니다. 이때는 무력감에 빠지게 되고, 따라서 감각이 무뎌지며 갈등이 일어나도 수동적으로 대처합니다. 손가락 하나 까딱하기 싫고 가슴속은 커다란 바위가 짓누르는 듯 답답해집니다. 이렇듯 아픈 경험을 하고 나면 앞으로 누구를 만나든 결국 다시 혼자가 될 거라는 생각에서 벗어날 수 없습니다.

　고통스러운 기억을 털어버리고 미래를 향해 적극적으로 나아가겠다는 결단은 당신에게 달려 있습니다. 20년 넘게 결혼 생활을 해온 사람도 혼자가 된 삶을 행복하게 꾸려가는 법을 배울 수 있습니다. 비록 온전히 혼자가 되어 살아가는 삶을 오랫동안 잊고 있었지만 자신이 하고 싶었던 일을 다시 찾아내고 새로운 삶을 꾸려갈 수 있습니다. 당신은 물음을 던지고 답을 구하려 애쓸 겁니다. 이제 혼자가 된 나는 누구인가? 내 앞에는 어떤 문제들이 놓여 있을까? 바뀐 현실을 딛고 일어나기 위해 어디에 기댈 수 있을까? 지난날의 상처에서 벗어나려면 어떻게 해야 할까?

다음에 제시하는 보기들은 서로 다른 두 가지 시각을 보여줍니다. 과거에 매달리며 이미 끝난 관계에 집착하면 삶의 활력을 잃고 맙니다. 반면에 미래와 자기 자신만 생각하면 이별과 이혼이 오히려 성장의 기회가 될 수 있습니다. 이제 당신은 자기 발전의 길로 성큼 들어선 것입니다.

선택하십시오! 미래를 밝게 바라보고 더 멋진 삶을 개척하는데 주력하겠다는 결심이 선다면, 아직은 모든 것이 불확실해 보이는 새로운 상황 앞에 당당히 서서 저 밑바닥의 잠재력을 끌어낼 수 있습니다.

한번 상상해보십시오. 복도를 사이에 두고 양쪽에 문이 있습니다. 왼쪽 문에는 '과거로 들어가는 문'이라는 현판이, 그리고 오른쪽 문에는 '미래로 들어가는 문'이라는 현판이 달려 있습니다. 잠시 눈을 감으십시오. 자신이 미래로 들어가는 문을 열 준비를 한다고 상상하십시오. 그 문을 될 수 있는 대로 구체적으로 그려보십시오. 문이 얼마나 큰가요? 어떤 재료로 만들어졌습니까? 손잡이는 어떻게 생겼나요? 원한다면 문을 열어보아도 좋습니다. 문 뒤에는 무엇이 있나요? 이때 떠오르는 상상이 마음에 들지 않으면 다시 한 번 더 멋진 그림으로 바꿔보십시오.

당신은 아늑한 미래로 들어가는 문을 열 준비를 조금씩 하고 있습니다. 이때 아직도 마음속 어딘가에 기대고 싶은 생각이 남아 있다면 떨쳐냅니다. 고통과 번민에 둘러싸였던 지난 관계와는 멀리 거리를 둡니다. 이제 당신은 모험의 여행길에 들어섰습니다. 지금까지 일궈온 삶과 작별하고 새롭게 시작할 때입니다. 새로운 가능성을 탐색하고 찾아내면 하루하루가 도전으로 다가옵니다.

	과거지향적인 시각 "당신이 내게 한 짓은⋯⋯"	미래지향적인 시각 "나는 당신과 나를 용서해."
감정	무기력, 자존감 상실, 우울함	행동을 의식함, 자기 존중, 삶의 기쁨
생각	문제와 연관된 생각	문제 해결과 연관된 생각
행동	떠난 사람에게 집중함, 파트너와 싸우고 대결하고 비난함.	자신의 상태에 집중함, 자신과 대결하며 삶의 활력을 끌어올림, 새로운 시작을 준비하고 가능성에 도전함.
태도	'나는 못 해'유형 "나는 문제를 해결할 수 없어."	'나는 할 수 있어'유형 "나는 현재를 사는 거야. 미래에 대한 책임도 내가 져야 해."
결과	행동 반경이 제한됨.	행위 능력을 획득함.

과거와 끊임없이 대결하다 보면 문제는 더욱 커진다. 현재와 미래
가 어둡게만 느껴진다면, 그 생각을 털어버려야 자신의 관심사에
몰두할 수 있다.

마음속 질긴 미련을 내려놓기

마음속에서 들려오는 목소리는 분명 여럿일 겁니다. 헤어지는
것이 옳다는 목소리도 있을 것이고, 그래선 안 된다고 속삭이는
목소리도 있을 겁니다. 자신과의 싸움에 지쳐 결국 관계를 끝내
기에 이르면 더 이상 돌이킬 수 없습니다.

이별을 돌이키고 싶은 마음이 아무리 간절하다고 해도, 그것
을 가능케 하는 요술방망이는 없습니다. 다시 예전의 관계로 돌
아가고 싶다는 생각과 감정을 마음속에서 모두 내려놓는 유일한
길은 사랑했던 사람과 깨끗이 헤어지는 것입니다. 그래야 사랑을
잃어버린 데서 오는 불안과 절망도 이겨낼 수 있습니다.

모든 것을 내려놓고 싶고 또 내려놓아야 할 단계에 마주치는
감정은 참으로 고통스럽기 그지없습니다. 이별을 미루고, 살가
웠던 사람을 되찾기 위해 안간힘을 쓰겠지요. 하지만 이런 노력
은 관계가 파탄 났다는 것을 받아들이지 못하는 마음에서 비롯

된 것입니다. 그래서 부정적인 면에는 완전히 눈이 멀어버립니다. 마치 마음속에 짙은 안개가 끼어 아무것도 분간하지 못하는 것과 같습니다. 흡사 최면에 걸린 것처럼 느끼고 움직이고 처신합니다. 비현실적인 세계를 그리며 둘이 함께한 시간을 미화합니다. 상처를 치유하고 위로받고 싶어서 꿈의 세계로 도피합니다. 참혹한 현실에는 눈을 감아버립니다. 그러나 현실을 인정하지 않는 태도로는 그 무엇도 내려놓기가 어렵습니다. 오히려 엉킨 실타래처럼 문제는 더 꼬여버리겠지요.

헤어진다는 것은 강한 결단입니다. 이렇게 단호하고 긍정적인 자세로 이별과 이혼을 받아들이고 그에 따르는 상황도 인정해야 합니다. 이제 모든 것을 내려놓고 혼자서 새로운 삶을 준비해야 할 때임을 받아들이는 것입니다. 내면의 어둠과 대결하면서 내려놓는 작업은 물론 힘에 겨울 때도 있습니다. 하지만 내려놓는 과정에서 자기 자신을 알게 되고, 자신의 강점과 약점을 깨닫고 새로운 활력원을 찾아내는 법을 배우기도 합니다. 파도에 떠밀려 섬에 조난했다고 생각해보십시오. 배가 침몰했으니 섬을 탐색하고 새로운 상황에 적응하는 일 말고는 달리 방도가 없겠지요.

내려놓는 연습에 능숙해질 때 새로운 길로 나아가는 문이 열린다.

나는 문제를 받아들인다.

당신은 세상에 단 하나뿐인 존재

이별과 이혼으로 자존감을 잃고 나면 대부분 절망감과 회의에 빠져듭니다. 꽃망울이 활짝 열리려면 물과 공기가 필요하듯이, 자신이 가치 있고 세상에 단 하나뿐인 존재라는 사실을 스스로 의식하지 못하는 상황에서는 다른 그 어느 때보다 다른 사람들의 사랑과 위로, 따뜻한 조언이 필요합니다.

그러나 이별을 겪는 그 순간, 다른 사람들의 도움만을 기대해서는 안 됩니다. 치유를 위해 노력할 일차적 책임은 이별을 겪어내는 본인에게 있습니다. 내면의 잠재력을 끌어내야 합니다. 실패로 끝났다고 포기할 것이 아니라 자신 안에 있는 자원을 활용해야 합니다. 그렇게 할 때 비로소 미지의 세계에 도전해볼 수 있고 절망적인 상황에서도 희망의 싹이 움틀 것입니다.

우리의 삶은 원래 만남과 헤어짐, 그리고 새로운 시작의 연속입니다. 사랑하던 사람과 함께한 세월을 잃어버린 시간으로만 여긴다면, 이별과 이혼은 막다른 골목이 될 수밖에 없습니다. 전후좌우 어디를 둘러봐도 길이란 길은 다 막혀 있고, 눈앞에 버티고 선 벽은 넘기가 어려워 보입니다. 당신은 소중한 기억을 쌓아온 시간을 스스로 무가치하게 만든 셈입니다.

지금 당신은 자신감을 갖고 홀로서야겠다는 엄두가 나지 않을 겁니다. 밝은 미래를 꿈꿀 수도 없고, 다시 행복해지고 싶다는 생각도 들지 않습니다. 그러나 이별과 이혼은 오히려 수동적이었던 삶에서 벗어나 당신의 행복을 스스로 꾸려갈 기회라고 생각해야 합니다. 밀려오는 감정을 그냥 받아들이십시오. 분노든 슬픔이든 그 무엇도 좋습니다. 치밀어 오르는 감정에 맞서 싸우는 것은 결국 자신을 죽이는 꼴입니다. 고통만 커지지요. 눈앞에 펼쳐진 현실을 받아들일 때, 남아 있는 모든 힘을 그러모아 자신이 바라지 않는 미래를 막아낼 수 있습니다.

이 과정에서는 먼저 자신의 욕구를 해소해야 합니다. 마치 마음껏 사랑했던 사람이나 다친 아이를 돌보듯이 당신 자신을 정성껏 보살피십시오. 이별의 과정 중에서도 절망 단계에서는 이런 방법으로만 위안을 얻을 수 있습니다.

자기 자신과 애정 어린 소통을 할 때 위로받고 치유된다.

내 욕구는 소중한 것이다.

다시 인생의 주인으로

우리 삶에서 졸업도 독립도 다 이별이었습니다. 지금까지 친숙했던 주변 세계와 멀어지고 분리되는 것입니다. 이별과 함께 삶은 백팔십도로 달라집니다. 그러니 지금까지 품어왔던 꿈과 희망, 그 모든 상상과 정면으로 맞서지 않을 수 없습니다.

둘이 쌓아온 관계가 끝날 때에도 이렇게 정면으로 맞서는 가운데 정신적인 면, 영적인 면을 말끔히 청소할 수 있습니다. 그러면서 변하는 것입니다. 새로운 일에 도전할 마음이 생기고 자신의 강점을 살려나갈 수 있습니다. 이별한 뒤에, 혹은 이혼한 뒤에 미래를 혼자 힘으로 책임지겠다는 마음의 변화는 창조적인 과정입니다. 당신의 일상을 스스로 온전히 책임질 수 있다면 변화는 이미 시작된 것입니다. 이 과정을 거치고 나면 언젠가는 과거를 깨끗이 잊고 적극적으로 삶을 개척할 길을 닦을 수 있습니다.

눈을 감고 다음 문장을 생각해보십시오.

"내 안에는 용솟음치는 에너지원이 가득하다."

이 말을 듣고 어떤 생각과 감정, 상상을 펼칠 수 있겠습니까?

뒤에 나오는 '텅 빈 마음에 활기를 채우는 예식'을 하면 큰 힘을 얻고, 당신의 마음속에 잠재된 힘을 발견하고, 새로운 에너지원을 발견할 수 있을 것입니다.

진리
의미 있는 행동을 보이는 가운데 잠재된 에너지를 활성화할 수 있다.

좋은 생각
내 안에는 에너지가 살아 있다.

당신, 이미 변화는 시작되었다

기차를 타고 미지의 곳을 향해 떠난다고 상상해보십시오. 기차 여행은 굉장히 낭만적인 경험입니다. 여행에 온전히 몰입할 수만 있다면 말입니다. 옆에 앉은 사람과 활기차게 대화를 나눌 수도 있고 시시각각 달라지는 차창 밖 풍경을 감상하기도 하겠지요. 무엇보다 과거의 기억을 훌훌 털어버리고, 목적지에 도착하면 당신을 짓누르고 있는 문제가 해결될지도 모른다는 환상에서 벗어날 수 있습니다. 현재의 느낌과 경험에 집중하고 지난날 겪은 심한 충격들을 떨쳐낸다면, 여행하는 매순간이 훌륭한 재충전이 될 겁니다.

사랑했던 사람, 함께해온 배우자와 함께 보낸 시간도 이와 마찬가지입니다. 연애와 결혼에 실패했다고 해서 끝도 없이 후회하거나 자책하면서 기가 죽을 일은 아니지요. 새로운 목표를 세우고 자신의 삶을 낙관하면 날마다 새로운 가능성이 주어집니다. 당신은 먼저 '지금, 여기'로 시야를 돌려야 합니다. 그런 다음에야 자신의 관심사에 몰두할 수 있습니다.

실현 가능한 작은 목표를 하나씩 세워가다 보면 미래의 행동 가능성이나 문제 해결 가능성이 조금씩 커집니다. 새로운 상황을 맞아 자신을 시험하고 전혀 모르는 일을 감행하는 자세가 무엇보다 중요합니다. 시험이 실패로 끝나도 좋습니다. 바라던 결과를 늘 얻을 수는 없습니다. 그렇지만 자신이 가야 할 길이 어디에 있는지 찾아내는 일은 참으로 중요합니다.

한 걸음 한 걸음 앞으로 나아가며 이별과 이혼의 아픔을 잘 극복한 뒤에 자신의 삶이 앞으로 어떻게 될지 거듭 자문해보십 시오. 이렇게 끝없이 묻는 가운데 의식적으로든 무의식적으로든 당신의 내면에 잠재되어 있던 힘이 깨어납니다. 긍정적인 변화 를 바라는 마음은 행동을 통해 싹틉니다! 이제 당신은 새 인생의 주연이 되어 여태껏 몰랐던 새로운 역할을 맡는 법을 배워나갑 니다.

'꿈을 현실로 만드는 예식'에 제시된 다양한 예식이 이 단계 를 지나는 당신에게 힘과 용기를 북돋워줄 겁니다.

Chapter 09

장장 속에서 10년 너머로 미래 여행을 떠나보십시오.

그때쯤 당신은 10년 전의 일을

어떻게 생각하고 있을까요?

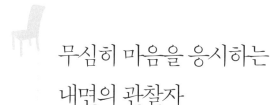

무심히 마음을 응시하는
내면의 관찰자

맑고 잔잔한 호수에 돌멩이를 던지면 그 자리에는 곧 동그랗게 파문이 생깁니다. 물결이 퍼져가다가 이내 사라집니다. 당신의 감정과 기분도 마찬가지입니다. 이혼 서류를 받으면 감정이 격해질 수도 있지만, 어느 정도 시간이 지나면 다시 가라앉습니다.

무겁게 짓누르는 감정이 잠잠해질 때까지 그냥 기다리십시오. 그런 다음에 자신이 어떻게 행동했는지, 그리고 어떻게 행동했어야 하는지 지난날을 돌아보십시오.

현재의 아픔을 극복하려면 어떻게 해야 할까요. 여기서 자신에게 던져야 할 물음이 있습니다. '내 삶의 주인은 누구인가? 나 자신인가, 아니면 외부 상황인가?'

심리적 부담감을 느낀다면 그 순간의 자신을 면밀히 관찰해야 합니다. 자신에게 무슨 일이 일어나고 있는지 알아내십시오! 당신의 생각과 감정을 들여다보십시오. 그때그때 자신이 주위 상황에 어떻게 반응했는지도 살펴보십시오. 그러고 나면 마음을 내리누르는 짐과 조금은 거리를 둘 수 있습니다. 지금까지 당신을 괴롭혔던 상황들과도 적절한 거리를 둘 수 있습니다.

자기 자신으로부터 나올 수 있다는 생각을 하십시오. 중립적인 관찰자의 눈으로 자신의 상황을 외부에서 바라보는 것입니다. 자신의 변화 과정을 지켜보는 관찰자로서 당신은 자신에게 해가 되는 생각을 차단할 수 있습니다. 그리고 마음속에서 울려나오는 목소리에 책임을 떠맡고, 자아와 소통하려고 애쓰게 될 겁니다. 자아는 행동 능력을 갖춘 실체입니다. 그렇게 노력하다 보면 이별과 이혼으로 받은 상실감을 한결 쉽게 다른 각도에서 바라볼 수 있습니다. 이때 드는 상실감은 실재일 수도 있고, 그저 상상의 산물일 수도 있습니다.

내면을 관찰하는 법은 연습으로도 충분히 익힐 수 있습니다. 다음 장부터 소개하는 많은 예식에서는 당신에게 '자기 자신에게서 나오라고' 조언할 겁니다. 말하자면, 자신이 건너야 할 다리를 생각으로 세우는 것이지요. 지금까지와는 달리 이제 더는 그저 내키는 대로 반응하지 않고, 자신이 지금 무엇을 하고 있는지, 어떻게 하고 있는지를 살피는 깨어 있는 관찰자의 자세가 몸에 밸 겁니다.

거리를 둘 때 도움을 받을 수 있고, 치유될 수 있다.

나는 순간순간 마음속을 응시하는 관찰자가 될 수 있다.

– 주위의 친근한 사람들을 당신의 내면으로 들어오게 할 수 있다고 상상하십시오. 특정한 상황에서 이들이 구체적인 조언을 해줄 수 있습니다. 예컨대 떠나간 애인에게 편지를 쓰는 당신을 보고 그 사람은 무슨 말을 할까요? 날마다 잠시 시간을 내어 내면의 관찰자와 소통하십시오.

– 상상 속에서 10년 너머로 미래 여행을 떠나보십시오. 그때쯤 당신은 10년 전의 일을 어떻게 생각하고 있을까요? 관찰자가 되어 이 물음에 대한 답을 찾아보십시오.

이별의 상처를 치유하는 예식과 연습

이제 소개할 다양한 예식과 연습은 당신이 내면의 관찰자를 훈련시키고 자신을 내리누르는 감정과 생각을 의식하며 행동에 나설 수 있도록 도와줄 겁니다. 그리고 이별의 아픔을 이겨내는 데 꼭 필요한 도구가 될 겁니다. 당신이 어떤 길로 나아갈 수 있는지를 다음 도식이 잘 보여줍니다.

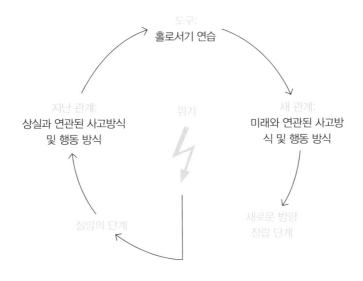

이별 후 찾아오는 위기를 겪는 동안 실망스럽거나 쓰라린 느낌이 들지도 모릅니다. 그러나 이제 당신은 이별과 이혼에 뒤따르는 조건들을 이해할 마음의 준비가 되었습니다. 자신의 행동은 물론이고 상대방의 행동과도 정면으로 대면할 줄 알게 되었습니다. 그다음 단계에서는 달라진 상황에 적응하는 방법을 찾아야 합니다. 다양한 예식을 하다 보면 새로운 방향을 정립하고 미래를 더욱 긍정적으로 받아들이고 행동하는 데 큰 도움을 받을 수 있습니다.

이런 맥락에서 비유를 하나 들어보겠습니다. 이별이 오히려 당신의 미래를 더욱 풍요롭게 할 수 있다는 사실을 이 비유에서 깨닫기 바랍니다.

지금까지 살아온 곳에 태풍이 불어닥치거나 산사태가 일어나 황폐해졌다고 상상해보십시오. 이제 당신은 정든 고향을 떠나야 합니다(위기). 무거운 짐을 지고 갖은 고생을 한 끝에 드디어 마음에 딱 드는 곳을 발견했습니다. 이곳에 정착해 살고 싶어집니다. 당신은 우선 지난 경험을 바탕으로 새 집을 짓겠지요. 정들었던 집을 잃은 지 얼마 지나지 않았으니 새 집을 짓는다는 것이 내키지 않을 수도 있습니다. 하지만 되돌아보면 거기에서 다른 의미를 찾을 수도 있습니다. 당신은 더 이상 불행한 상황의 희생양이 아닙니다. 이제 희망 가득한 새로운 삶을 계획할 수 있습니다. 당신이 지닌 큼직한 여행가방 안에 '홀로서기'의 가능성이 가득 들어 있다고 상상해보십시오.

상처 치유 예식

텅빈 마음에 활기를 채우는 예식

이별을 받아들이는 예식

꿈을 현실로 만드는 예식

이별과 이혼의 아픔을 극복하는 것이 이제는 배움의 경험이 될 수 있습니다. 당신은 가방 안에 숨어 있는 능력들을 하나하나 꺼내면서 배워나갈 것입니다. '가방' 그림은 여행을 피할 수 없다는 사실을 상징합니다. 이 여행의 주요 목표는 과거의 기억들과 작별하고 자신에게 닥친 변화를 받아들이는 것입니다(이별을 받아들이는 예식). 이제 더 이상은 기억에 매달려서는 안 됩니다.

우리는 이별할 때마다 자신을 되돌아보게 됩니다. 그렇게 성찰하는 가운데 미처 몰랐던 동경과 소망과 욕구를 알게 되고, 고독과 슬픔과 상실을 맛보며, 자신이 버림받은 듯한 느낌도 듭니다. 이런 슬픔에 짓눌려 마음이 크게 흔들립니다. 예전에는 하나로 합일되었다고 느꼈던 것이 이제는 갈기갈기 찢기고 갈라집니다. 이때 '상처 치유 예식'이, 이별과 이혼 때문에 북받치는 감정과 생각을 맞아들이고 치유하는 과정에 적극적인 자세로 임할 수 있도록 당신에게 용기를 불어넣어줄 것입니다. 당신은 이미 외형적인 작별은 마쳤을지도 모릅니다. 이제 마음을 향해 주의를 기울일 때입니다.

보통의 이별 상황에 발목 잡혀 있으면 자신의 내면 깊숙이 숨어 있는 능력과 가능성을 보지 못합니다. '텅 빈 마음에 활기를 채우는 예식'을 하다 보면 그동안 단단히 걸어 잠근 빗장을 풀고 이미 이리저리 흘려버린 에너지원을 그러모아 효율적으로 활용할 마음이 생길 것입니다.

끝으로, '꿈을 현실로 만드는 예식'에서는 불합리한 사고방식을 툭 털어버리고 달라진 현실을 긍정적으로 받아들일 준비를 할 것입니다. 계획을 구체적으로 전개하고 긍정적인 미래상을 그리는 가운데 자기 발견과 자가 치유의 책임도 떠맡게 됩니다.

그때그때 상황에 따라 적절한 예식과 연습을 선택할 수 있습니다. 뭔가를 깊이 생각하고 싶을 때가 있는가 하면, 상상의 세계에 깊이 빠져들고 싶을 때도 있겠지요. 여기에 소개된 모든 예식이 당신에게 꼭 적합하지는 않을 수도 있습니다.

먼저 이 예식들을 대강 훑어보십시오. 현재 자신에게 어느 장 혹은 어떤 예식이 가장 도움이 될지 찾아보십시오. 예식과 연습은 크게 두 영역으로 나뉩니다.

인지 및 행동

이 예식은 자신의 생각 및 감정과 정면으로 맞서는 것입니다.

다음과 같은 생각이 든다면, 인지 영역과 행동 영역에 관한 예식을 매우 적절하게 활용할 수 있을 겁니다.

- 잘못된 생각을 몰아내고 싶다.
- 산더미처럼 쌓인 문제들을 정리하고 싶다.
- 무겁게 짓누르는 감정과 교류하는 법을 배우고 싶다.
- 실천 가능한 구체적인 행동에 대해 깊이 생각해보고 싶다.

상상 연습: 내면의 영상과 창조적으로 교류하는 법 배우기

내면의 영상은 긴장을 푼 상태에서 선명히 보입니다. 이 영역에서는 깊은 협곡으로 내려가 내면에서 치유의 힘과 교류하는 능력을 연습합니다. 상상력의 도움으로 자신이 안고 있는 문제

및 갈등과 창조적으로 교류하게 됩니다.

당신이 지금 다음과 같은 심정이라면 이 예식이 큰 도움이 될 겁니다.

- 공간적으로도, 정서적으로도 지난 관계를 정리하겠다는 목표를 세우고 내면의 영상을 설정한다.
- 상상력의 도움으로 긍정적인 영향을 받아 자신이 세운 목표를 달성한다.
- 상상 속에서 시도한 행동을 실제로 옮기고 싶다.

안내

상상 연습은 방해받지 않고 편안하게 긴장을 풀 수 있는 곳에서 해야 합니다. 상황에 따라 그때그때 정한 연습의 안내를 미리 꼼꼼히 읽어보십시오. 그다음에는 눈을 감고 숨을 천천히 들이마시고 내쉬면서 내면 세계로 들어가는 자신의 모습을 그려보십시오. 10부터 1까지 숫자를 거꾸로 세며 서서히 침잠할 수도 있습니다. 숫자를 셀 때마다 자신이 더 깊이 내려가고 긴장이 풀린다는 상상을 하십시오. 예식을 하나하나 해볼수록 내면의 영상을 더욱 다채롭고 생생하게 떠올릴 수 있을 겁니다.

안내할 사항이 하나 더 있습니다. 촉각을 활용하라는 것입니다. 상상한 장면의 구성 요소들을 하나하나 만지고 느껴보는 것입니다. 내면의 영상이 더욱 선명해질 것입니다.

Chapter 10

예식에는 마음을 보호하는 기능만 있는 것이 아닙니다.

예식을 통해 중요한 변화를 의식할 수도 있고,

극한상황에서는 위기 요인들과 교류하기도 쉬워집니다.

이별의 통과의례,
홀로서기 예식

사랑하는 가족이 죽으면 보통 장례식을 치릅니다. 옛날에 상을 당한 가족은 곡하는 여인들을 불러 임종한 이의 침상에서 울게 했습니다. 사람들은 이런 관습으로 슬픔을 가라앉히려고 했습니다. 고인과 작별할 때 자신의 감정이 흐르는 대로 내버려두었습니다. 이별의 고통을 한껏 표현할 때 그것을 마음속에서 내려놓을 수 있으며, 그런 의미에서 가까웠던 사람과 떨어지는 일이 수월해집니다. 장례식에 이어 시신을 땅에 묻을 때면 심리적 부담이 한결 덜합니다.

예식에는 마음을 보호하는 기능만 있는 것이 아닙니다. 예식을 통해 중요한 변화를 의식할 수도 있고, 극한상황에서는 위기

요인들과 교류하기도 쉬워집니다. 예식은 본디 종교의식이었습니다. 종교의식이 지닌 치유력과 위로는 오늘날에도 여러 문화권에서 통용되고 있습니다. 세계 곳곳의 주술사들은 치유를 시도하는 예식을 거행합니다.

북아메리카에 거주하는 나바호 인디언들에게도 이런 풍습이 있습니다. 의술을 갖춘 주술사가 환자의 몸에 모래를 갖다 대는 예식 말입니다. 모래는 단색이지만 상징적 의미를 담아 표현됩니다. 예식은 마치 마법처럼 받아들여졌습니다. 정해진 틀이 있고, 같은 동작이 되풀이됩니다. 상황은 달라도 예식은 늘 똑같은 형태로 거행됩니다.

이제 잠시 상상해보십시오. 당신은 애리조나에 사는 주술사 옆에 있습니다. 나바호 인디언 주술사가 당신을 치유하고, 비참한 상황에서 당신을 구출하기 위해 벌써 몇 시간째 모래를 갖다 대며 애쓰고 있습니다. 당신이 떠나간 사람을 온전히 보내주도록 도와주려 합니다. 그러나 이성은 이런 행위가 아무런 효력이 없는 마술에 지나지 않는다고 거부합니다. 그렇더라도 모래에 대한 영상은 당신의 생각에 자극을 주며 잠재의식에 영향을 미칩니다. 당신이 내리는 합리적인 판단과는 달리, 이렇게 선택된 치유 형태와 사용된 색깔들은 당신의 심리 깊은 곳에서 효과를 이끌어 냅니다. 무의식이 활동해 내면에서 자가 치유 에너지를 활성화할 수 있는 요인들을 수용하게 한 것입니다.

위의 예에서도 언급했듯이, 예식은 의식 영역은 물론 무의식 영역에도 영향을 미칩니다. 우리 문화권에도 특별한 의미를 지닌 예식이 수없이 많습니다. 잔치(결혼식과는 별개로 아직도 많은 지역에서는 신부를 데려오는 예식 같은 것이 치러집니다)를 벌일 때만이 아니라 평범한 일상에서도 마술 행위 같은 예식이 치러집니다. 그러나 이런 행위는 대부분 알아차리지 못합니다. 독일에서 통용되는 예식을 하나 소개하면, 누군가 당신의 '엄지손가락을 누를' 경우, 당신의 이혼에 대해 선의로 생각한다는 뜻이기도 합니다. 그런 행동을 보이면서 더 좋은 결과를 얻으리라고 바라는 것이지요. 우리 내면에 있는 아이는 기적을 믿습니다. 위에 제시된 방법을 통해 내면이 진정될 수도 있습니다.

이별과 이혼의 아픔을 극복하기 위해 홀로서기 예식을 하면서 당신은 자신이 처한 상황을 견뎌내고 다른 사람들과 새로운 관계를 맺는 데 도움을 받을 것입니다. 적극적으로 홀로서기 예식을 치르는 것은 마치 자신에게 긍정적으로 서약하는 것과도 같습니다. 안내에 따라 이 예식을 자주 행하며 괴롭고 힘든 상황에서 빠져나오겠다고 결심하십시오.

효과

예식을 적극적으로 행할 때 마음을 쉽게 정리할 수 있다.

좋은 생각

나는 나 자신에게 긍정적인 영향을 미칠 능력이 있다.

당신이 평소에 즐겨 행하는 개인적인 예식(봄이 오면 텃밭에 채소
나 꽃을 가꿀 수도 있고, 까치가 울면 반가운 손님이 올 거라고 믿
을 수도 있습니다)에 대해 생각해보십시오. 어떤 상황에 있을 때
특히 도움이 됩니까? 그때 어떤 느낌이 드나요? 앞으로 이 예식을
하지 않는다면 뭔가 잘못될 거라는 생각이 듭니까?

Chapter 11

무엇보다 마음속으로 이별을 받아들이는 일이 중요합니다.

헤어지는 능력,

이미 깨진 관계에서 벗어나는 능력을 먼저 키워야 합니다.

그동안 믿고 의지했던 것을 내려놓으려고 노력해야 합니다.

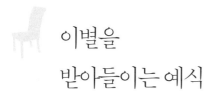

이별을
받아들이는 예식

이별을 맞이하면 마음과 이성은 정반대의 방향을 향하기도 합니다. 마음과 이성이 일치하는 경우는 드뭅니다. 마음이 주는 메시지와 이성이 내리는 명령 사이에서 다음과 같은 갈등이 일어납니다.

두 연인이 이성적인 이유에서 헤어지려고 합니다. 예컨대 한 사람은 결혼해서 가정을 이루고 싶어 하지만, 다른 한 사람은 결혼을 미루려 하거나 독신을 고집하는 경우가 그렇습니다. 둘 다 여전히 서로를 사랑하는데도 헤어져야 한다면 그 고통이야 이루 말할 수가 없겠지요. 어느 한쪽에게만 사랑이 남아 있다고 해도 그것은 마찬가지입니다. 반면 세월이 흐르면서 마음이 싸늘하게 식어버린 부부도 있습니다. 이런 경우에는 합리적인 이유를 대며 이혼을 연기하기도 합니다. 아직 예민한 사춘기 아이들과 한집에서 같이 살 때가 그렇습니다. 더러는 한 사람은 관계를 끊을 마음을 품고 있는데, 다른 한 사람은 관계를 지속하고 싶어해 이별을 힘들게만 받아들일 수도 있습니다.

위의 어느 예에 해당하든, 이별을 맞이한 이들은 실제로 헤어지기에 앞서 오래 숙고한 다음에 결정해야 합니다. 이별에 대해 진지하게 생각하고 기회가 될 때마다 상대방과 의견을 나누며 화해할 마음이 있는지도 살펴보아야 합니다. 그래야 영영 해결할 수 없을지도 모를 그다음 갈등을 막을 수 있습니다. 그러나 언젠가는 결국 헤어지는 날이 옵니다.

관계를 끝내야 한다면 이성적으로나 감정적으로나 두 사람의 마음이 한결같은 것이 가장 바람직합니다. 어느 한 사람만 헤어지자고 우길 때는 문제가 더 심각해집니다. 남아 있는 사람은 자신이 버림받았다는 생각에 큰 상처를 입을 테니까요. 그 사람은 관계의 허망함을 느끼고 슬픔에 짓눌려 먼저 헤어지자고 요구하기도 합니다. 그럴 때면 둘이 함께 보낸 행복했던 시간들이 헤어지는 첫 단계에 선명하게 떠오르며 이별이 힘들어집니다. 사랑하는 사람을 잃을 뿐만 아니라 상황이 바뀌어 지금까지 익숙했던 환경과도 작별해야 하니 슬픔이 큰 것입니다. 둘이 자주 찾던 곳은 더 이상 가보고 싶지 않습니다. 그곳에서 추억이 떠오를까봐 두려운 것이지요. 친척과 친구 관계도 달라집니다. 미래에 대한 계획들이 물거품처럼 사라지고 맙니다. 그 모든 것을 다시는 찾을 수 없을 것처럼 보입니다.

이 장에서 제시하는 예식과 연습을 실제로 해보면 이별이 한결 쉬워질 것입니다. 무엇보다 마음속으로 이별을 받아들이는 일이 중요합니다. 헤어지는 능력, 이미 깨진 관계에서 벗어나는 능력을 먼저 키워야 합니다. 그동안 믿고 의지했던 것을 내려놓으려고 노력해야 합니다. 되돌릴 수 없는 것에 마냥 매달려서는 안 됩니다. 다음의 안내에 따라 예식과 연습을 행하십시오. 예전에 사랑했던 사람, 여전히 사랑할지도 모르는 사람과 결별하는 일에 주의를 돌리게 되고, 이별을 힘들게 하는 감정과 생각을 떨쳐낼 용기를 얻을 것입니다.

인지 및 행동

마음속으로 떠난 이를 불러내기

눈을 감으십시오. 떠나간 이를 불러내어 그에게 글을 쓰는 상상을 해보십시오. 뭔가 떠오르는 게 있습니까? 어떤 글을 쓰겠습니까? 어떤 구체적인 문장들이 나올까요? 어떤 느낌이 듭니까?

'새로운 길' 일기장을 펼치고 떠오르는 생각을 적으십시오. 다음과 같은 문장으로 시작할 수 있습니다.

내 애인은 _____ 했다.

나는 그/그녀를 믿었다. 왜냐하면 _____ 때문이다.

함께 시간을 보낼 때면 그/그녀는 주로 _____ 을 했다.

나는 그/그녀의 _____ 면을 정말 좋아했다.

나는 그/그녀의 _____ 면을 좋아하지 않았다.

나는 그/그녀의 좋은 점, 싫은 점과 작별한다. 왜냐하면 _____

_____ 때문이다.

이제 나는 혼자서 내 길을 가고 _____ 하겠다.

떠나간 이의 어떤 좋은 점이 당신에게는 부족합니까? 그/그녀의 어떤 좋지 않은 특성을 특히 '묻고' 싶습니까? 이번 예식을 하면서 가장 많이 놀란 점은 무엇인가요? 어떤 답을 적기가 가장 어려웠나요?

목표

이 예식을 하며 그/그녀와 함께 보낸 시간이 지나간다는 것을 깨닫게 됩니다. 그러면서 자신의 장점과 단점도 파악합니다.

권고

- 지난 관계에서 당신에게 아직 의미가 크게 남아 있는 면들을 작은 종이에 적으십시오. 물론 큰 종이에 써도 좋습니다. 못 입게 된 낡은 옷에 그 종이를 달아서 커다란 함에 던져버리십시오. 버리는 동작은 되도록 천천히 하는 것이 좋습니다. 그러면

서 자신에게 큰 소리로 말하십시오. 이제 긍정적인 것이든 부정적인 것이든 과거는 모두 지나갔다고.

- 당신에게 부족한 점을 고치려면 무엇을 해야 할지 곰곰이 생각해보십시오. 이 물음에 답하기 위해 떠나간 이에 대해 긍정적으로 평가한 능력이나 행동 방식을 생각해본다면 퍽 유익할 것입니다. 이와 관련해 자신에게 부족한 것이 무엇인지 알게 될 테니까요. 당신 삶의 이 '빈 공간'을 누가 채워줄 수 있을까요? 누가 긍정적 특성을 갖추고 당신을 향해 걸어올까요?

따뜻했던 지인들의 위로를 상상하기

여전히 과거의 사슬에 묶여 있거나 억눌리고 옥죄이는 느낌이 든다면 이번 예식이 무엇보다 도움이 될 겁니다. 어떤 생각, 혹은 어떤 기억이 지금까지 쌓아온 관계를 정리하는 데 방해가 되는지 주목하십시오.

자리에 편안히 앉으십시오. 떠난 이와의 괴로운 추억이 담긴 상황을 떠올리십시오. 그런 힘겨운 상황에서 어떤 사람들이 당신을 기꺼이 도와줄 수 있었는지, 혹은 실제로 지원해주었는지 돌아보십시오.

그 괴롭고 힘든 기억에서 벗어나도록 도와준 사람들이 지금 당신에게 손을 내민다고 상상하십시오. 그런 상상을 하면서 떠오르는 말을 '새로운 길' 일기장에 적으십시오.

그중에서 특히 위로가 되는 말이 있습니까? 어떤 생각이 가장 도움이 되었나요?

목표

상상 속에서 자신을 긍정적인 자기 연민과 연결하며 효과적인 자기암시를 합니다.

권고

자신이 쓴 문장 가운데 하나를 골라 큰 소리로 읽으십시오. 성량을 바꾸어보십시오. 크게 읽었다가 나지막하게 읽어보십시오. 또 빨리 읽었다가 천천히 읽어보십시오. 평소에 이런 방식으로 다른 문장들도 하나씩 크게 읽으십시오. 언젠가 이별을 쉽게 받아들일 수 있을 때가 올 것입니다.

부정적 가정을 긍정적 가정으로 바꾸기

그/그녀 없이는 못살겠다는 생각이 들 때 이 예식을 하십시오. 현기증이 일고 복잡한 생각이 꼬리에 꼬리를 물며 머릿속을 맴돌 수 있습니다. 그 사람의 든든한 울타리가 없이는 어떤 일도 해낼 수 없다고 여기니까요.

몇 분 동안 방해받지 않고 생각에 집중할 수 있는 곳을 찾아보십시오. '새로운 길' 일기장을 펼치고 떠나간 사람의 도움 없이 혼자서는 해낼 자신이 없는 항목을 적어도 다섯 가지 이상 적어보십시오. "나는 ……을 할 수 없어. 왜냐하면……"이라는 문장으로 시작하십시오.

이어서 "……했다면 ……할 수 있었을 텐데"라는 문장으로 바꿔보십시오.

이번에는 당장 실현할 수 있다고 여겨지는 항목을 하나 골라보십시오. 현재 닥친 힘겨운 상황을 이겨내려면 어떤 행동을 할 수 있는지 깊이 생각하십시오.

이제 쉰 살이 된 카트린은 경매장 가기를 좋아한다. 그러나 이혼한 뒤로는 혼자서 그곳에 가볼 용기가 나지 않는다. 혼자서는 경매장 사정을 잘 모른다는 등 이런저런 이유를 대며 가지 않는 것이다.

카트린은 스스로 무력감을 느끼고, 행동 반경이 제한되어 있다고 생각합니다. 그래서 떠난 사람이 다시 돌아오기만을 간절히 바라고 있습니다. 결국 자신을 다스리지 못한 것입니다. 그녀가 취미를 포기한 까닭은 전 배우자와 관련이 있습니다. 스스로 선을 그어놓고 그것을 고집하는 것이지요.

이별을 149
받아들이는 예식

자신이 어떤 행동을 할 수 있는지 깊이 생각해보면 정신적 자유와
자립을 얻을 수 있습니다.

- '……했다면, ……할 수 있었을 텐데.' 이 상상에 대해 가까운
  사람들과 이야기를 나눠보고, 그들의 의견을 듣고 격려를 받아
  들이십시오.
- 떠오르는 생각 가운데 하나를 메모지에 적고, 그것을 주머니에
  넣고 다니십시오. 일상에서 상황이 달라질 때마다 그 문장을 자
  주 읽으십시오.

긍정적 발상의 전환, 사고여행 하기

이별과 이혼, 그리고 그에 따르는 문제를 다루다 보면 생각은
늘 같은 길을 따라 흐릅니다. 이제 설명할 '사고여행'을 하면서
당신은 새로운 장을 열 수 있을 것입니다.

"나는 슬프다. …… 때문이다"라는 문장으로 시작하고, 여기
에 제시된 문장을 당신의 생각으로 보완하십시오. 당신이 사고여
행을 하는 데 동기부여가 될 만한 보기를 먼저 읽으십시오. 그런
다음에 여기에 제시된 길을 통과하십시오.

아내가 없는 삶에서 아무런 의미도 찾을 수 없었던 올리버는 술을 마시고 싶을 때면 다음과 같은 사고 여행을 하며 답을 얻었다.

- 슬프다.   한없이 외롭기 때문이다.

- 아내를 이해할 수 없다.   나는 늘 가장 좋은 것을 해주려고 했기 때문이다.

- 아내에게 분노가 솟구친다.   나를 두고 떠났기 때문이다.

- 아직도 아내에게 의존한다.   아내와 함께한 아름다운 추억을 지우고 싶지 않기 때문이다.

- 내가 내려놓을 수 있었더라면   상처를 덜 받았을 텐데.

- 내가 내려놓았더라면   다른 여자와 사귀었을 텐데.

- 지금 나를 망가뜨리는 일은   독한 술을 통째로 마시는 것이다.

- 지금 나를 위해 할 수 있는 일은   친구를 불러내 함께 영화관에 가는 것이다.

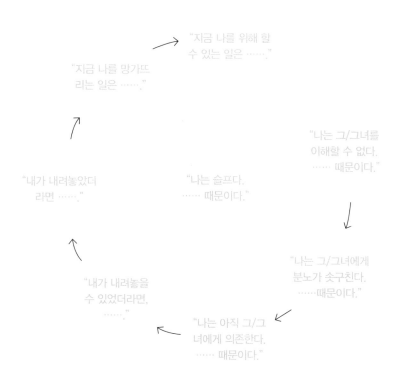

이 사고여행을 하고 난 뒤 어떤 느낌이 듭니까? 당신의 생각을 실천하려면 무엇이 필요할까요?

목표
생각을 긍정적인 방향으로 전환하는 법을 배웁니다.

권고
짓눌리는 기분이 들 때마다 위의 보기를 활용해 사고여행을 하십시오.

'벽돌' 상징물로 떠난 사람과 거리 두기

한동안 긴밀히 결속되었던 사람과 헤어진다는 것은 결코 쉬운 일이 아닙니다. 사랑했던 사람에게서 완전히 벗어났다고 느낄 때도 있지만, 그러다가도 어느새 함께 보낸 추억이 새록새록 떠오릅니다. 여기서는 벗어나고 싶은 마음이 왔다 갔다 하는 상태를 느끼고 흔들리는 마음을 다잡는 예식을 할 것입니다.

색깔이 다른 벽돌 두 개를 앞에 놓으십시오. 하나는 떠나간 사람의 것이고 다른 하나는 당신 것입니다.

벽돌 두 개를 서로 마주 놓고 떠난 사람과의 사이에 생긴 심리적 거리만큼 거리를 두십시오. 이 심리적 거리를 넓혔다 좁혔다 하며 현재 드는 거리감과 맞추십시오.

이제 두 번째 벽돌 앞에 서십시오. 이 벽돌은 당신이 입은 상처를 상징합니다. 이 벽돌 위에 당신이 지난날 특히 심하게 상처 입은 일에 관해 적은 종이를 붙이십시오. 당시의 상황을 마음의 눈으로 될 수 있는 한 똑똑히 그려보십시오.

뭔가 떠오르는 낱말이 있습니까? 원하지 않던 행동도 생각납니까? 감정이 북받쳐 오릅니까? 괴로운 기억마저 떠오르는군요. 이 시점에서 드는 느낌을 받아들이십시오. 그래야 그/그녀와 헤어지는 과정을 쉽게 넘길 수 있습니다.

당신과 떠난 사람의 상징인 두 벽돌 사이의 거리를 처음 연습할 때처럼 그대로 둘 것인지, 아니면 고통스럽던 지난 시절을 떠올리며 거리를 더 넓히고 싶은지 결정하십시오.

상징을 활용하면 시각적 효과가 큽니다. 연인이나 배우자와 헤어진 과정을 선명하게 떠올리다 보면 다시 한 번 자신을 추스를 수 있습니다. 이제 더는 그 사람에게 기대지 않고 자유로워지기 위해 노력할 마음이 생길 것입니다.

권고

- 눈에 잘 띄는 곳에 작은 벽돌을 세우십시오. 당신의 자아를 상징하는 벽돌을 날마다 1센티미터씩 앞으로 밀기 위해서는 어떤 생각을 해야 할까요? 혹은 무엇을 떠올려야 할까요?
- 당신 옆에 있는 사람을 위해 작은 벽돌을 세우십시오. 그러면서 당신이 지금까지 만나왔던 사람과 거리를 더 두려면 그 사람이 어떤 조언을 해야 할지 숙고하십시오.

'문제의 산' 정복하기

이미 끝난 관계를 여전히 꽉 붙잡고 싶은 심정을 빈 종이 한가운데에 적으십시오. 그 문장에 테두리를 치십시오. 그 문장을 보면 어떤 생각이 더 떠오릅니까? 그 생각들을 문장으로 표현해

다음과 같이 배치하십시오. 10년간 결혼 생활을 해온 모니카(48세)의 사례를 소개하겠습니다.

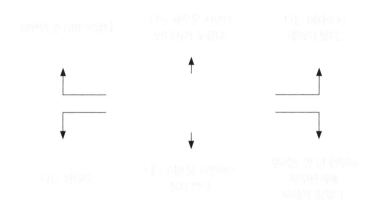

당신이 고칠 수 있는 항목이 있다면 하나를 고르십시오. 모니카는 "나는 여자로서 매력이 없다"라는 항목을 골라 앞으로 다이어트도 하고 헬스클럽에도 열심히 다니기로 결심했습니다. 채 6개월도 지나지 않아 그녀는 자신이 매력적인 여자라고 생각하게 되었습니다.

마음을 짓누르는 생각을 적다 보면 당신이 지닌 '문제의 산'을 정리할 수 있습니다. 삶을 스스로 꾸려갈 수 있다는 믿음, 예전에는 감당하기 어려웠던 상황을 다스릴 수 있다는 믿음도 강해집니다.

이 방법을 다른 상황에도 활용해보십시오. 새로운 문제가 닥쳤을
때 시도해볼 만하다는 확신이 들면 이 방법을 활용해보십시오.

추억의 사진 들여다보기

두 사람이 행복했던 시절의 추억이 담긴 사진을 5분 동안 찬
찬히 들여다보십시오.

어떤 느낌이 드나요? 현재 심정은 어떻습니까? 그/그녀와 다
시 관계를 맺는 일이 가능할까요?

종이를 펼치고 그/그녀의 장점과 단점을 각각 적어보십시오.
단점도 장점만큼 많이 찾아내야 합니다.

사진을 다시 한 번 주시하면서 이제는 그/그녀의 단점만을 생
각하십시오. 뭔가 달라진 점이 있습니까?

떠난 사람의 단점이 떠오를 때, 그/그녀를 전혀 다른 시각으로 바
라보게 될 것입니다.

사진이 흐릿하게 보일 때까지 들여다보십시오. 그때 솟구치는 감

정을 느껴보십시오. 이제 눈앞에서 옛 사진의 그 강렬함이 사그라지듯이, 당신의 이별 이야기도 어느 날 퇴색하기 시작합니다. 당신의 삶에서 다른 것이 더 중요해질 테니까요.

이별을 가져왔던 상대방의 행동 방식 떠올리기

이별의 충격 때문에 처음에는 용서할 수 없었던 일, 즉 그/그녀의 잘못된 행동을 용서하고 싶은 마음이 생길 수도 있습니다. 그렇게라도 해서 고통스러운 감정에서 벗어나고 싶은 것이지요. 그/그녀의 행동을 용서할 마음이 있는지 자신을 들여다보십시오. 그 배후에는 대부분 과거를 되돌리려는 욕구가 의식적으로든 무의식적으로든 숨어 있기 마련입니다.

만약 당신이 비난 유형이나 희생양 유형에 해당한다면, 다음에 소개할 두 가지 연습이 매우 유익할 것입니다.

연습 1

다음과 같은 문장을 쓰고, 떠오르는 생각을 모으십시오.

"그/그녀는 달리 어쩔 수 없었어. 왜냐하면……."

당신이 용서했다고 해도 끝내 헤어졌을까요? 아니면 이별을 막을 수도 있었을까요? 상대방의 잘못을 용서한다면 어떤 느낌이 들까요?

이제 다음 문장을 완성하십시오.

"……했더라면 그/그녀는 달리 행동할 수 있었을 텐데."

당신의 짝이 관계를 회복하기 위해 노력할 수도 있었을 여러 가지 행동 방식을 찾아보십시오.

어떤 느낌이 드나요? 그/그녀가 자신의 잠재된 가능성을 묻어둔 채 결정적인 순간에 잘못된 행동으로 말미암아 끝내 파국으로 몰고간 일을 다시 한 번 눈앞에 생생하게 그려보십시오.

목표

당신은 달라진 현실을 받아들일 마음의 준비를 합니다. 온갖 미련을 털어버리고 더 이상 그 어떤 변명도 하지 않고 상황을 받아들이려고 애쓸 것입니다.

권고

- 변명이 담긴 문장은 모두 생각 속에서 박박 지우십시오. 어느새 떠오르는 생각에 휩쓸리려고 하면 상상 속에서 빨간색 펜으로 크게 X표를 그리십시오.
- 변명하고 싶은 마음이 들면 당신과 그/그녀의 관계에 대해 절친했던 친구가 객관적으로 해주었던 조언을 떠올려보십시오.

연습 2

이번 연습을 하면서, 그동안 어떤 점을 들어 이별의 책임을 상대방에게 돌렸는지 곰곰이 생각해보십시오. 다음에 나오는 문장을 '새로운 길' 일기장에 적어보십시오. 그/그녀에게 기대했지만 결국 이루지 못했던 것을 3~5가지 정도 찾아보십시오.

당신이 _____ 라고 말하지 않았다면, 우리는 더 잘 지낼 수 있었을 텐데.

당신이 _____ 행동을 하지 않았다면, 우리는 더 잘 지낼 수 있었을 텐데.

당신이 나에 대해 _____ 라고 생각하지 않았다면, 우리는 더 잘 지낼 수 있었을 텐데.

목표

함께 지내면서 당신을 힘들게 했던 배우자의 행동 방식을 열거해 봅니다. 이때 밀려오는 감정들이 마음속으로 이별을 받아들이는 데 도움이 됩니다.

권고

- 그/그녀와 함께 보낸 시간을 미화하거나 혹은 이별의 원인을 자기 탓으로만 돌릴 때마다 일기장에 쓴 내용을 읽어보십시오.
- 그/그녀의 생각과 말과 행동으로 드러나는 부정적인 면들, 앞으로도 쉽사리 바뀌지 않을 특성을 다시 한 번 읽으며 자신에게 말하십시오.

아름다웠던 추억에 가려진 진실을 직시하기

원치 않았는데도 헤어질 수밖에 없었다면, 아름다웠던 추억만이 떠오르고 그때마다 고통은 더욱더 생생해지기만 합니다. 그러다 보면 괴로웠던 기억, 다퉜던 일들은 다 잊혀지고 맙니다. 이번 연습을 하면서 당신은 지난날 그/그녀와의 관계를 억눌러왔던 요소들을 곱씹어볼 수 있습니다.

떠나간 사람과 함께 걸어가는 장면을 상상해보십시오. 앞으로는 어떤 상황에서 싸울 가능성이 클까요? 싸우는 장면을 되도록 구체적으로 그려보십시오. 어디에서, 어떤 상황에서, 무슨 문제 때문에 다투기 시작할까요? 당신은 무슨 말을 할까요? 그 사람은 당신에게 어떤 말을 퍼부을까요? 당신은 그/그녀의 어떤 행동 때문에 특히 크게 상처받고 반응할까요?

관계를 개선하려 할 때 이런 상황이 얼마나 자주 발생할지 0~100퍼센트 사이로 점수를 매겨보십시오.

목표

현재의 관계를 직시하고 받아들일 때 이별하기가 쉬워집니다.

권고

현실을 점검해보십시오. 당신이 안고 있는 문제를 알고 있는 사람에게 자신이 상상한 이야기를 마치 실제로 일어난 것처럼 들려주십시오. 그런 다음에 물어보십시오. "이 이야기를 듣고 놀랐나요? 관계에 대한 제 이야기를 상상할 수 있겠어요?" 상대방이 그렇다고 하면, 그 반대의 대답에 주목하십시오. 현재의 관계에 대해 당신이 내린 평가가 바로 거기서 드러납니다.

이별에 마침표 찍기

우리는 모두 돌아갈 수 없는 길을, 아직은 알 수 없는 미래를 향해 걸어갑니다.

잠시 시간을 내어 다음 안내에 따르십시오. 당신이 지금까지 쌓아온 관계와 작별하는 예식입니다. 각 문항에 대한 답을 적으십시오.

'새로운 길' 일기장 한쪽의 칸을 둘로 나누십시오. 왼쪽 칸에는 좋은 기억을 적고 플러스(+) 표시를 하십시오. 그리고 오른쪽 칸에는 나쁜 기억을 적고 마이너스(-) 표시를 하십시오.

외모: 눈을 감고 떠난 사람을 그려보십시오. 그/그녀의 외모를 말로 표현한다면? 그/그녀의 외모 가운데 어디가 가장 마음에 들었습니까? 마음에 들지 않은 곳은 어디였나요?

의상: 떠나간 이의 패션 스타일을 떠올려보십시오. 그/그녀는

평소에 어떤 옷을 즐겨 입었나요? 특별한 날에는 어떤 옷을 입었습니까? 그/그녀가 좋아하는 색은? 그/그녀에게 잘 어울리는 색은 무엇이었습니까? 그/그녀의 옷 가운데 특별히 마음에 들었거나 싫어한 옷이 있었나요?

냄새: 그/그녀의 냄새를 떠올려보십시오. 그/그녀의 냄새를 말로 표현한다면? 그 냄새를 얼마나 오랫동안 좋아했나요? 언제부터 그/그녀의 냄새를 더 이상 맡을 수 없었나요?

태도/표정: 이제 마음의 눈으로 그/그녀의 몸짓을 관찰하십시오. 눈에 띄는 점이 있습니까? 그/그녀의 표정도 살펴보십시오. 어떤 표정이 마음에 들었습니까? 그리고 어떤 표정이 싫었습니까?

어휘 선택: 그/그녀는 주로 어떤 어휘를 구사했습니까? 다양한 상황에서 그/그녀는 어떤 식으로 말했나요? 구체적인 장면을 떠올려보십시오. 그/그녀의 어떤 표현 방식이 마음에 들었나요? 그다지 좋아하지 않은 표현 방식은 어떤 것이었나요?

목소리: 그 사람의 목소리를 기억합니까? 지금도 그 목소리가 매력적이라고 여깁니까? 화낼 때면 목소리가 어땠나요? 당신에게 찬사를 쏟을 때는요? 그/그녀가 당신을 무시할 때의 목소리를 들으면 기분이 어땠습니까?

장소: 둘이 즐겨 찾던 장소를 떠올려보십시오. 마치 그곳에 있는 것처럼 되도록 구체적으로 그려보십시오. 어떤 추억이 떠오릅니까? 무슨 생각이 들고 어떤 느낌이 듭니까?

이제 둘이 함께 만났을 때 가장 힘들었던 곳이 있다면 거기를 떠올려보십시오. 그곳에서 일어난 몇 가지 갈등을 마이너스 칸에 적으십시오.

시랑. 눈을 감고 사이가 좋았던 시절, 그/그녀가 든든하고 예뻐 보였던 때를 떠올려보십시오. 사이가 나빴던 때도 그려보십시오. 그다음에는 남남 같은 느낌, 처음 사귈 때와는 전혀 다른 기분이 들었던 때를 생각해보십시오.

습관. 지금까지 몸에 밴 습관 가운데 이세 어떤 습관과 작별해야 할까요? 둘이 함께했던 아침 식사? 혹은 둘만이 오붓하게 즐겼던 산책? 그 즐거웠던 기억에서 벗어나기가 힘든가요? 기꺼이 떨쳐내고 싶은 습관도 있습니까? 그/그녀의 습관 가운데 당신을 화나게 하거나 부담스러웠던 것이 있나요?

개원. 이제 어떤 계획과 희망을 버려야 할까요? 함께 나이 들어가는 모습을 그려보기도 했을 터이고, 내 집 장만을 꿈꾸기도 했을 겁니다. 그/그녀와 함께 어떤 계획을 세울 때 서로 의견이 달랐나요? 일치점을 전혀 찾지 못했나요? 아니면 드물게 의견 일치를 보기도 했었나요?

긍정적인 항목과 부정적인 항목을 모두 활용해야 합니다. 떠난 이의 좋았던 점과 싫었던 점이 이제 거울에 비치듯 환히 드러났습니다. 그 사람의 긍정적인 면은 고통과 슬픔을 불러옵니다. 잃어버렸기 때문이지요. 반면에 부정적인 면과는 더 이상 마주할 일이 없습니다. 이미 다 잊었기 때문입니다. 이제 다시 자유를 찾았으니 당신은 기분이 한결 가벼워질 겁니다.

특별히 마음이 가는 항목을 고르십시오. 플러스 칸에서 고를 수도 있고, 마이너스 칸에서 골라도 좋습니다. 고른 항목을 다룰 때 밀려오기 시작하는 느낌을 의식하면서 10분 정도 깊이 생각에 잠기십시오.

'느낌' 연습이 끝나면 기지개를 크게 켜고 현재의 순간으로 되돌아오면 됩니다. 그리고 '지금 여기', 일상에서 당신의 눈앞에 닥친 문제에 집중하겠다는 각오를 단단히 다지면 됩니다.

좋은 기억이든 나쁜 기억이든 이제 완전히 작별을 고하고, 그때 나타나는 감정을 시간을 정해두고 자신에게 허용하고 받아들이십시오.

권고

이제 연습을 변형해보겠습니다. 종이를 앞에 놓고 작별을 고하고 싶은 생각, 상황을 적으십시오. 그리고 조금 떨어진 곳에 다른 종이를 놓고 다음과 같이 쓰십시오. "나는 순간순간 …… 기억과 작별할 수 있다." 첫 번째 종이 앞에 서서 그때의 상황을 다시 한 번 생생하게 그려보십시오. 두 번째 종이 위에서는 껑충껑충 뛰십시오. 거기에 쓴 문장을 여러 번 크게 읽으십시오.

그리움 몰아내기

당신은 이제는 곁에 없는 그/그녀와 마음을 나누고 스킨십도 했습니다. 그/그녀는 특히 어떤 스킨십을 좋아했나요? 어떤 느낌이 들었습니까? 부드럽고 따뜻하고 다정했나요? 아니면 강요받는 듯한 느낌이 들었나요?

떠난 사람이 그립습니까? 그/그녀의 손길이 스쳤던 부분에 손을 대고 이제 그/그녀와 작별해야 한다고 결심하십시오. 온기가 느껴지는 곳에 손을 대고 그냥 있으십시오. 당신의 손에 따뜻한 느낌이 들 것입니다.

이제 그/그녀의 손길이 닿지 않았던 부분을 찾아보십시오. 그곳에 손을 대보십시오. 만진 부분마다 손에서 나는 온기를 느껴보십시오. 원하는 만큼 그 상태로 있으십시오.

그리운 마음에 괴로울 때마다 이 연습을 되풀이하십시오.

목표

마음속이 허전해지는 결핍감을 몰아내기 위해 할 수 있는 한 최선을 다합니다.

권고

그/그녀의 부재 때문에 고통스러울 때면 손바닥에 온기가 감돈다고 상상하십시오. 몸의 어느 부분에선가 흘러나오는 이 온기가 당신을 다정하게 위로해줄 겁니다. 그곳에 손을 대고 오랫동안 온기를 느껴보십시오.

자유와 속박의 손가락 연습

다음 두 가지 연습을 하면서 긴장을 풀고 가벼운 최면 상태에 들어갈 것입니다. 연습 1이 지난 관계를 정리할 결심을 굳히는 것이라면, 연습 2는 마치 포로가 된 듯하고 얽매인 듯한 느낌을 강하게 불러일으킬 겁니다.

연습 1

눈을 뜨거나 감은 상태에서 두 집게손가락을 서로 마주보게 하고 천천히 가까이 가져갑니다. 두 손가락이 서서히 가까워지는 동안, 그 느낌에 주목하십시오.

두 손가락 끝이 닿는 순간 "나는 자유롭다"라고 크게 혹은 나지막하게 여러 차례 말하십시오. 이때 두 손가락은 여전히 서로 맞닿은 상태입니다.

1부터 5까지 숫자를 천천히 세며 의식을 되찾고, 연습을 끝내십시오.

연습 2

이번에는 양 넷째손가락에 끈적끈적한 접합제를 바른 장면을 그려보십시오.

두 손가락을 서서히 움직이며 서로 가까이 다가오게 하면서 맞닿는 순간에 꼭 붙어버린 모습을 상상하십시오. 이때 "나는 매여 있다"라고 크게 혹은 작게 말하십시오.

1부터 5까지 천천히 숫자를 세며 의식을 되찾고, 연습을 끝내십시오.

두 연습을 하는 동안 어떤 느낌이 들었습니까? '새로운 길' 일기장에 당신의 생각을 적어보십시오.

목표

두 가지 연습을 하는 가운데 유쾌한 상태와 불쾌한 상태가 교차한다는 점에 주목합니다. 불쾌한 상태를 경험하면서 손가락이 '달라붙은' 상태가 특히 고통스럽게 느껴진다면 거기서 벗어나야겠다는 마음을 더욱 굳힐 수 있습니다.

권고

두 가지 연습을 번갈아 몇 차례 하고 난 다음에는 연습 1만 하십시오. "나는 자유롭다"라는 말이 언젠가 실현되어 생생하게 느껴질 날이 분명 올 것입니다.

기적의 물음

어떤 조건이라면 모든 것을 내려놓을 수 있을까요? 지금은 밤이고 당신은 잠을 자고 있다고 상상해보십시오. 당신이 자는 동안 기적이 일어납니다. '보이지 않는 손'이 마법의 지팡이로 당신을 건드려 자유롭게 놓아줍니다. 이제 지금까지 몸에 밴 습관에서 한결 쉽게 벗어날 수 있습니다. 그/그녀에 대한 모든 것을 놓아버릴 마음의 준비도 되어 있습니다.

잠을 자고 일어난 당신은 이 기적이 일어났다는 것을 전혀 모릅니다. 그렇다면 자신이 모든 것에서 벗어났고 뭔가 달라졌다는 것을 깨닫게 할 첫 번째 징후는 무엇일까요? 정확히 무엇이 달라질까요? 당신은 이제 어떤 행동을 하지 않을까요? 혹은 어떤 행동을 더 많이 하게 될까요?

여기서 떠오른 생각들을 '새로운 길' 일기장에 적어보십시오.

목표
이 연습을 하면서 삶을 더욱 낙관적으로 바라보게 되고, 익숙지 않은 문제에 도전하는 방법을 찾게 될 겁니다.

권고
떠난 이에게 매달리고 싶은 마음이 간절해질 때마다 '기적의 물음'을 던져보십시오.

상상 연습

가상의 조언자 상상하기

나는 보기 위해 눈을 감는다.
– 폴 고갱

마음속으로 조언자를 그려보십시오. 그 사람은 모든 특성을 갖췄고, 어느 것에도 얽매이지 않는 자유로운 존재입니다. 그리고 당신이 처해 있는 고통스러운 상황을 비판적인 거리를 두고 관찰할 수 있는 존재입니다.

이 존재를 되도록 구체적으로 상상해보십시오. 남자인가요, 여자인가요? 무슨 옷을 입고 있습니까? 조언자에게 어울리는 목소리도 상상해보십시오. 고음인가요, 저음인가요? 목소리가 큰가요, 작은가요? 태도는 사무적인가요, 자상한가요?

이제 조언자가 당신 옆에 서 있다고 상상해보십시오. 지난날 관계가 당신을 억누르던 상황을 그려보십시오. 이 구체적인 상황에서 조언자는 어떤 내용과 어떤 음성으로 말할까요? 당신에게 어떻게 행동하라고 충고할까요? 이 상태에서 벗어나 더 자유로워지려면 사소하더라도 무엇을 시도해볼 수 있을까요? 도움이 될 만한 문구를 큰 소리로 읽어보십시오.

마음속으로 과거 당신을 짓눌렀던 상황과 잠시 거리를 두고 내면의 관찰자와 소통합니다('무심히 마음을 응시하는 내면의 관찰자' 참조).

권고

조언자가 당신 가까이에 있고, 기꺼이 당신을 도와 풀리지 않는 문제에 답을 줄 수 있다는 생각을 날마다 자주 하십시오.
특히 자신에 대해 의혹이 생기고, 스스로에게 문제를 극복할 능력이 있는지 의구심이 들 때마다 이 방법을 적용하십시오.

동물 커플 상상하기

이별이 다가왔음을 느낀 당신은 시들해진 관계를 되살리기 위해 온갖 노력을 기울입니다. 그러나 이렇게 애를 쓰고 있다고는 해도 당신의 마음속 깊은 곳에서는 이별을 피할 수 없다는 것을 알고 있습니다. 이때는 다음과 같은 연습을 해보십시오.

눈을 감고 상대방을 동물로 그려보십시오. 그/그녀는 어떤 동물인가요? 어떤 환경에서 살고 있습니까? 동물이 된 그/그녀는 무엇을 하고 있나요?

당신은 무슨 동물인가요? 어디에서, 어떤 환경 속에서 살고 있나요? 당신에게는 어떤 환경이 맞습니까? 당신은 혼자 있나요? 아니면 주변에 다른 동물들과 함께 있나요?

당신과 그/그녀는 동물로서 어떤 점이 같고 어떤 점이 다른가요? 둘이 만나면 무엇을 함께 시작할 수 있을까요? 누가 누구를 잡아먹을까요? 혹은 그 구역에서 몰아내지는 않을까요? 떠오르는 생각이 흘러가는 대로 놔두십시오. '새로운 길' 일기장에 생각을 몇 줄로 적어보십시오.

목표

연습을 해나가다 보면 상상력이 촉발됩니다. 그 상상의 영역에서 상징적인 암호의 형태로 떠오르는 지난 관계의 감정과 단호하게 맞섭니다.

권고

당신의 자아를 상징하는 동물을 종이에 그리십시오. 동물을 다치지 않게 하거나 상처를 치료하려면 어떻게 키워야 할지, 어떤 환경에서 살게 해야 할지 곰곰이 생각하십시오. 그 동물은 그저 동굴 속에 숨으려고 할지도 모릅니다. 모든 의무에서 벗어나 편히 쉬고 싶으니까요. 동물에게 쉴 곳을 마련해주십시오. 동물이 다시 힘을 얻으려면 어떤 먹이를 주어야 할지 깊이 생각하십시오.

고통스러운 기억을 건너가는
'빛의 다리' 상상하기

눈을 감고 마음을 편안히 하십시오. 고요한 상태에서 규칙적으로 숨을 들이쉬고 내쉬십시오. 두 사람이 함께 지낸 동안 그/그녀에게 특별히 억눌렸다고 느낀 상황을 적어도 세 가지 이상 떠올리십시오.

이제 어떤 집을 그려보십시오. 이 집에는 지난날 당신이 입은 상처에 대한 기억들이 보존된 공간도 있습니다. 이 공간에는 어떤 분위기가 감도나요? 어떤 가구들이 있습니까? 무슨 냄새가 납니까? 예정보다 더 오래 이 공간에 머문다면 어떤 느낌이 들까요?

다음에는 지난날 당신을 억눌렀던 상황들을 그림으로 그리거나 사진을 찍는 상상을 하십시오. 그림은 되도록 구체적으로 그리십시오. 갈등 상황은 무슨 색으로 그렸습니까? 어떤 구체적인 모습을 그렸습니까, 아니면 상징적으로 표현했습니까? 개별적인 특징들은 어떻게 나타났습니까? 그림에 나타난 자신의 모습(몸짓, 얼굴 표정 등)은 어떤가요?

그림이나 사진에 제목을 붙이십시오. 그림을 확대해 위에서 상상한 공간에 거는 장면을 상상해보십시오. 이제 이 공간에 대해 어떤 느낌이 드나요? 그림에 붙인 제목을 하나하나 바라보면서 무슨 생각이 떠오릅니까?

그 공간을 떠날 준비를 하십시오. 처음에 상상한 집의 문을 통해 나오십시오.

이제 마법의 정원을 그려보십시오. 이 정원에서는 온갖 기이한 일이 일어날 수 있습니다. 이곳에는 사방으로 서서히 퍼져가는 빛살도 있습니다. 다리를 향해 걸어가면서 과거의 괴로웠던 기억들을 떨쳐버리십시오. 당신은 빛으로 만들어진 이 마법의 다리 위를 아주 경쾌한 걸음으로 걸어갈 수 있습니다.

황금색이 감도는 따뜻한 빛을 들이마시고 긴장이 이완되는 상상을 하면서 연습을 끝내십시오. 몸을 움직이고 눈을 뜨며 천천히 현재로 돌아오십시오.

야나의 남편은 한바탕 싸우고 나면 며칠 동안 한마디 말도 하지 않았다. 이런 상황을 떠올리며 야나는 자신이 남편 앞에 무릎 꿇고 용서를 구하고, 남편은 자신에게 비난을 퍼붓는 장면을 상상한다. 이 영상에 '매정한 남자, 절망에 빠진 여자'라는 제목을 달았다.

목표

상상 속에서 지난 관계에서 상처받은 상황과 대결하다 보면 무겁게 짓눌린 감정을 다시 한 번 맛보면서 결별의 길이 열립니다.

권고

고통스러운 기억이 담긴 일상에서도 빛의 다리 위를 걸어가는 모습을 상상하는 것은 퍽 유익합니다. 심리적으로 당신을 억압하는 문제와 거리를 둘 수 있습니다.

마법의 공간으로 안내하는
마법지팡이 상상하기

긴장을 풀고 심호흡하면서 10까지 숫자를 세십시오(하나를 셀 때 들이마시고 둘을 셀 때 내쉬고, 다시 셋을 셀 때 들이마시고 넷을 셀 때 내쉬고……). 그렇게 몸의 긴장을 완전히 푸십시오.

동화에 흔히 나오듯, 마법지팡이를 들고 떠난 이를 마법의 공간으로 끌어들이는 상상을 하십시오. 그/그녀는 이곳에 감금된 채 어디에도 말할 수 없고 그 어느 곳으로도 움직이지 못합니다. 그/그녀는 무슨 옷을 입고 있나요? 당신에게 뭐라고 하나요? 그/그녀를 바라보면서 당신은 어떤 느낌이 드나요? 마법을 풀고 그/그녀를 놓아주고 싶은 마음이 얼마나 생기나요?

이제 당신에게 호의적인 어떤 존재가 당신을 다른 방향으로 가도록 인도하는 모습을 그려보십시오.

지금 당신은 경치가 매우 수려한 곳에 있습니다. 그곳에서 다시 한 번 마법지팡이를 탁 내리쳐 특별한 치유력이 있는 장소를 만듭니다. 그리고 그 안으로 들어가십시오. 당신이 치유받을 그곳은 경치가 어떻습니까? 그곳에서는 어떤 색깔이 당신의 마음을 편안하게 해줄지 상상해보십시오.

모든 것을 정리하고, 앞으로 온갖 미련을 내려놓기 쉽도록 소원을 비십시오. 맨 처음 떠오르는 생각을 '새로운 길' 일기장에 적으십시오.

마법지팡이는 당신을 어릴 적 마법의 세계와 이어주는 도구입니다. 마법지팡이를 상상하며 창조적인 잠재력을 일깨울 수 있습니다. 떠난 사람과 '마법의' 거리를 둘 때 늘 맴도는 사고의 틀에서 벗어날 수 있고, 긴장이 풀리고 생각(소원)이 자동적으로 떠오르기도 합니다.

머리는 그렇지 않은데, 마음은 자꾸만 되돌아가고 싶을 때마다 마법지팡이를 사용하십시오. 지팡이를 탁 내리치면서 이렇게 말하십시오. "나는 자유롭다." "나는 마법의 힘으로 새로운 삶을 설계할 것이다."

미처 전하지 못한 마음속 진심을 털어놓기

떠나간 사람에게 당신의 마음을 충분히 전하지 못했다면 이 예식을 해보십시오. 해명할 것이 남아 있는데도 상대방이 말할 기회를 주지 않아 진심을 전달하지 못할 때가 많습니다.

지금 당신이 그/그녀가 있는 곳을 향해 가고 있는 장면을 상상해보십시오. 그/그녀에게 가는 동안, 여태껏 그 사람에게 말하지 못해 우울했던 기분에서 벗어나겠다는 결심을 하십시오. 어떤 불안이 당신의 결심을 방해합니까? 이와 관련하여 무슨 생각이 떠오릅니까? 이렇게 상상하며 어떤 태도를 취하게 되나요? 숨소리는 어떻습니까?

그/그녀의 집 앞에 서서 초인종을 누르십시오. 그리고 이미 오래전에 했어야 할 말을 모두 다 말하겠다는 결심을 굳힙니다. 그 사람이 당신의 말에 대답하지는 않겠지만, 당신이 하는 말을 그저 듣는다고 상상하십시오. 충분한 시간을 갖고 당신이 아직 해결하지 못했던 문제를 끌어내십시오.

중간에 그만두지 않고 마음속에 담아둔 것을 모두 털어놓는 상상을 하면서 어떤 느낌이 드나요?

이제 그/그녀와 작별하고 돌아오십시오. 당신은 이제 지금껏 당신을 괴롭혔던 마음속 깊은 곳의 무거운 짐에서 벗어났습니다. 마음과 화해할 준비가 된 것입니다.

목표

떠나간 사람에게 했어야 할 말, 하지만 하지 못한 말을 가슴에 담아두면 마음이 억눌립니다. 그렇게 되면 삶의 활력도 나날이 시들어갑니다. 어떻게든 뱉어내야 합니다.

그/그녀에게 하지 못했던 말, 비난이라도 좋으니 편지에 적어보십시오. 그 편지를 크게 읽어보십시오. 예컨대 방에서 이리저리 걸으며 읽는 것도 좋습니다. 몸을 움직이면 풀리지 않았던 문제를 해결하는 데 도움이 됩니다.

Chapter 12

"슬픈 눈 한쪽을 감으십시오.

이어서 다른 슬픈 눈 한쪽도 감으십시오.

이제 당신은 잘 볼 수 있습니다."

가슴속 이별의 상처를
치유하는 예식

두 사람이 함께 보낸 시간이 많았다면, 그만큼 상처도 클 수밖에 없습니다. 우리는 살아가면서 많은 사람을 만납니다. 하지만 마음을 열고 기대며 사랑과 행복을 느끼게 되는 사람은 극히 드뭅니다. 자신을 활짝 열고 가슴 벅차게 마음을 주고받는 일은 자연스럽게 이루어지기가 어렵습니다. 의지와 노력이 필요하지요.

꽃망울이 하나하나 서서히 터지듯이, 지금까지 애정을 쌓아오면서 자신을 열기만 했을 뿐 아마도 자신을 보호하려고는 하지 못했을 겁니다. 마음이 상대방에게로 그저 흘러가기만 했겠지요. 갈등이 깊어지면 결국 헤어지게 되고, 그 상처 때문에 이제 더는 온전히 자신을 열어 보이기가 어려워집니다. 그리고 떠나간 사람을 향했던 감정과 소망을 정리하려고 애쓸 겁니다. 채 이별을 맞이하기도 전에 그/그녀와 마음의 거리가 생겼다면 마음을 정리하기가 훨씬 수월합니다. 하지만 완전히 갈라선 뒤에도 여전히 사랑이 남아 있다면 그 고통은 참으로 견디기가 힘듭니다.

그러나 상황은 다르다고 해도 두 가지 경우 모두 이별의 상처가 남는다는 것은 마찬가지입니다. 그/그녀에게 품었던 좋은 감정이 이미 오래전에 사라졌다고 해도, 자신이 거부당했다는 생각은 헤어진 뒤에도 오랫동안 남습니다. 당신은 문제가 생겼을 때 애인과 터놓고 말할 기회를 놓쳤거나 아니면 아예 방치했을 겁니다. 혹은 배우자보다 먼저 아이들을 생각했을지도 모릅니다. 그러다 보면 배우자가 당신을 소홀히 대한다는 사실을 알아차리고 상처를 받는 일도 생기겠지요. 예전에는 볼 수 없었던 모습일 겁니다.

헤어져야겠다는 마음이 들면 지금까지 지켜온 룰은 무효가 됩니다. 상처를 주는 말이 튀어나옵니다. 상대방보다는 자신을 먼저 생각하게 되고, 상처를 주는 행동도 서슴지 않습니다. 여태껏 쌓아온 관계에서 아무런 가치도 찾아볼 수 없고, 둘이 함께한 시간도 의미를 잃고 맙니다. 사랑의 기적이라고 믿어왔던 아이가 입을 상처도 큽니다. 이런 갈등과 대립은 마치 누군가 당신에게 독화살을 쏜 것과도 같습니다. 이제 당신은 이 화살을 조심스럽게 뽑아내고 깊은 상처를 치료하려고 애쓸 때입니다.

우리는 지금 길고 긴 슬픔을 끝내는 데 도움이 되는 예식들을 살펴보고 있습니다. 우선은 과거의 상처와 정면 대결을 해야 하고, 그리고 지난날의 고통을 내려놓을 때 비로소 자신감을 갖고 미래를 향해 나아갈 수 있습니다.

아직 꽃망울도 터지지 않은 꽃을 상상해보십시오. 머지않아 봉오리가 열리고 피어나기 시작할 꽃들, 바로 여기에서 소개하는 예식들도 이와 비슷합니다. 자신을 짓누르는 지난날의 고통과 아픔을 훌훌 털어버리겠다는 마음으로 나날의 일상에서 이 예식들을 실천하십시오.

잠시 눈을 감고 활짝 핀 꽃을 상상하십시오. 마음을 진정시키고 위로의 말을 자신에게 건네십시오. 그 말속에서 당신이 입은 마음의 상처를 치유할 준비가 되었음을 깨닫게 될 겁니다.

인지 및 행동

씨앗 속으로 들어가 슬픔을 씻어내기

어두운 시간에도 눈은 보기 시작한다.
- 시어도어 로스크

당신이 지금 슬픔에 빠져 있다면 이번 예식이 그 슬픔을 덜어 줄 겁니다. 이 예식을 하는 동안에는 방해를 받지 않아야 하니 주변을 정리하십시오. 커튼을 치고 어두운 색의 따뜻한 이불이나 검은색 우단을 몸에 두르십시오. 안대를 쓰면 빛이 차단되어 좀 더 집중할 수 있습니다.

자, 이제 당신이 검은 씨앗 속에 들어 있다고 상상하십시오. 검은색 우단의 부드럽고 포근한 감촉을 느껴보십시오. 숨을 쉴 때마다 검은색 커튼이 당신을 보호해준다고 상상해보십시오. 이 보호된 공간에서 당신은 혼잣말을 해도 좋고, 신세 한탄을 해도 됩니다. 흐느끼거나 크게 소리 내어 울어도 좋습니다.

누군가 당신을 가볍게 흔들고 있는 듯이, 몸을 이리저리 천천히 움직이십시오. 당신의 슬픔을 가장 잘 표현할 수 있는 어조를 찾아보십시오. 그 어조로 몇 번이고 말을 해보십시오. 이런저런 어조로 시도하다 보면 자신에게 맞는 어조나 선율을 찾을 수 있습니다. 현재 엄습하는 기분에 어떤 어조가 가장 어울리는지 알아차릴 수 있을 겁니다.

이 공간이 당신의 슬픔을 분출하기에 충분한 곳이라는 생각이 들면 예식을 마치십시오.

목표

아주 작고 사소한 것에서부터 감정을 조절하는 법을 배우는 사람이 많습니다. 마음이 너무 억눌리고 슬픔이 깊이 쌓여 씻기지 않으면 심리적·신체적 긴장이 팽팽해집니다. 이 연습을 하면서 감정이 자유롭게 흘러가도록, 눈물이 펑펑 쏟아지도록 놔둡니다.

눈물이 잘 나지 않으면 연습을 시작할 때 슬픈 영화를 보거나 슬픈 이야기를 떠올리는 것도 도움이 됩니다. 자신이 지금 울고 있다고 생각하며 연습을 하십시오. 흐르지 않는 눈물의 강을 상상할 수도 있습니다.

그림일기 그리기

그림 그리는 일은 마치 일기를 쓰는 것과 같다.

– 파블로 피카소

의자에 앉거나 바닥에 편히 누우십시오. 심장에 손을 대십시오. 심장의 크기는 얼마나 된다고 생각합니까? 클까요? 혹은 작을까요? 당신에게 꼭 달라붙은 마음의 짐은 무게가 얼마나 나갈까요? 상처를 색깔로 그려본다면, 당신이 입은 상처는 무슨 색으로 표현될까요?

종이에 당신의 감정을 형체로 표현하고 색을 칠하십시오. 그림을 완성한 다음에 잠시 감상하십시오. 이제 다음 물음에 답하십시오.

- 그림을 그리는 동안 어떤 느낌이 들었습니까?
- 그림을 그리고 난 뒤에 불안감이 가셨나요?
- 색을 고를 때는 어떤 생각이 들었습니까?
- 당신이 그린 그림은 무엇을 표현한 것입니까? 상상이 자유롭게 흘러가도록 놔두십시오.

목표
선이나 윤곽에 대해 드는 느낌을 활용해 마음의 짐에서 벗어날 수 있습니다. 자신의 감정을 자유롭게 표현하고 진정시킬 능력이 생긴 것입니다.

권고
신체적·정신적 느낌을 그림으로 표현할 때 어떤 유형의 그림인지, 혹은 얼마나 잘 그렸는지는 그다지 중요하지 않습니다.

추억의 사진을 바라보며 위로의 말 건네기

연인이나 부부에게는 특별한 의미가 담긴 날들이 있기 마련입니다. 부부 사이라면 약혼이나 결혼기념일, 생일 등이 있겠지요. 그런 날이 오면 어김없이 그/그녀에 대한 기억이 떠올라 몹시 괴롭습니다. 이번 예식에서는 특별한 추억이 담긴 날을 잘 넘기는 법을 배울 겁니다.

달력을 한 장 한 장 넘기며 신경 쓰일 만한 날들을 찾아보십시오. 조용한 곳에 가서 마음을 편히 가지십시오. 일 년 전 혹은 그보다 훨씬 전의 어느 특별한 날 사랑하던 사람과 함께한 추억을 떠올리십시오. 추억이 담긴 사진을 찬찬히 들여다보십시오. 사진 속에 있는 사람을 보면 어떤 느낌이 드나요? 그때 특별히 기쁜 일이 있었나요? 불안하거나 두렵나요?

사진을 바라보며 마음속으로 자기 자신에게 위로의 말을 건네는 상상을 해보십시오. 사진 속의 인물, 곧 당신 자신에게 그사이에 겪은 일을 모두 말하십시오.

예식을 마무리하기 전에 자신을 감싸 안으며 마치 어린아이에게 이야기하듯 단순하게 말하는 장면을 상상해보십시오. 이때도 언젠가는 기적이 일어나 지난날을 고통 없이 담담하게 바라보며 삶의 일부로 여길 수 있다고 자신에게 말하십시오.

지난날이 그리울 때마다 자신을 다스릴 수 있는 효과적인 방법을 찾습니다.

크리스마스나 생일처럼 그/그녀와 함께한 추억이 떠오르는 날에는 한껏 사치를 부려보십시오. 그저 보기만 해도 마음껏 웃을 수 있는 친구들에게 전화를 걸거나 외출을 하십시오. 흥미진진한 일에 푹 빠져보는 것입니다.

도움의 손길이 필요한 어린 새 상상하기

슬플 때 위로받고 싶은 마음은 당연한 욕구입니다. 그렇지만 이미 곁을 떠난 사람에게 기대면 안 되겠지요. 이번 예식에서는 다른 사람들에게 도움을 받지 않고도 자기 자신을 위로할 수 있습니다.

지금 느끼는 슬픈 감정이 연약한 어린 새에게 흘러들어간다고 상상해보십시오. 어린 새를 두 손 위에 올려놓고 따뜻하게 감싸 줄 수 있습니다. 이제 배꼽 근처에 손을 올려놓고 더 깊이 상상 속으로 들어갑니다. 상상의 새를 두 손으로 따뜻하게 해주십시오.

당신의 감정을 상징하는 어린 새가 어떻게 보입니까? 무슨 색을 띠었나요? 새는 지금 어떻게 움직이려고 합니까? 분주하게 움직입니까? 떨고 있나요? 혹은 마비된 듯 꼼짝 않고 있나요? 몸은 따뜻한가요, 아니면 차가운가요? 축축합니까? 혹은 열이 납니까?

이제 자신에게 건넬 위로의 말을 생각하고 마음속으로 속삭이거나 큰 소리로 말하십시오. 예식을 시작하기 전과 비교해 기분이 달라졌습니까?

뭔가 위로를 받은 듯한 느낌이 들고, 더 이상 참담한 느낌이 들지 않으면 이제 예식을 끝냅니다.

이 예식은 당신의 '내면 속 아이'를 기쁘게 하는 것입니다. 슬프거
나 막막하거나 낙담했을 때, 혹은 어떤 일에든 무감각해질 때마다
이 예식을 하면 자신을 소중히 여기게 되고 마음이 편해질 겁니다.

- 위로받을 수 있는 것, 도와줄 사람을 찾아야 합니다. 사람들은
  누구나 다른 사람과 관계를 맺으며 살아갑니다. 그러니 자신의
  감정을 부끄러워할 필요가 없습니다. 누구나 가슴속 깊은 곳에
  는 슬픔을 안고 있습니다. 삶의 고비고비에서 돌부리에 걸려 넘
  어지기도 하고, 그때마다 쓰라린 상처를 딛고 다시 세상을 살아
  갑니다.
- 당신이 보살펴야 할 어린 새를 품고 있는 모습을 잠들기 전에
  상상하십시오. 새를 부드럽게 이리저리 흔들어주는 모습도 그
  려보십시오.

일상의 소소한 사치 부리기

슬픔을 다스릴 시간을 내십시오. 이 예식은 집에서 몸과 마음
을 편안히 한 상태로 하는 것이 좋습니다. 촛불을 켜고 분위기에

어울리는 음악도 준비하십시오. 다음과 같이 짤막한 연습을 하면서 평정을 되찾을 수 있습니다.

- 폭포 아래 서 있는 모습을 상상하십시오. 물줄기가 시원스럽게 떨어지는 폭포 아래 맑은 물속으로 들어가십시오. 이 물은 자연수입니다. 몸을 깨끗이 씻고 모든 앙금을 툭툭 털어내십시오. 자신을 희망과 활기로 가득 채우십시오.
- 슬퍼하는 내면의 아이를 품에 안고 달래고 위로하는 장면을 그려보십시오.
- 자신에게 사랑의 편지를 쓰며 마음을 진정시키십시오.
- 자신을 위해 꽃을 사십시오. 당신은 꽃을 받을 가치가 충분한 존재입니다!
- 마음을 터놓고 이야기할 수 있는 사람을 식사에 초대하십시오.
- 사우나에 가십시오. 열에는 치유 효과가 있습니다!

목표

홀로서기는 '작은' 행동에서부터 시작됩니다. 그렇게 하다 보면 기댈 곳 없던 막막한 마음이 점차 사라집니다. 우울증과 무력감에서 빠져나올 수 있는 길은 많습니다.

권고

믿음이 가는 사람에게 마음을 털어놓으십시오. 다른 사람에게서 이해받고 인정받을 때 슬픔이 사라지기도 합니다.

분노 표출하기

자신이 부당한 취급을 받는다고 느껴지면 화가 나게 마련입니다. 내면에서 분노가 들끓으면 자연히 마음속 긴장의 끈이 팽팽해집니다. 살짝만 퉁겨도 터질 것 같은 분노의 끈을 자제하는 데는 너무나 많은 에너지가 소모됩니다. 그러니 일상의 다른 일에 쓸 에너지가 바닥나는 것입니다.

이제 살펴볼 몇 가지 예식에서는 당신의 분노를 다스릴 방법을 배우게 될 겁니다.

반항하기

자신이 두세 살짜리 어린아이라고 상상해보십시오. 아이는 자기 생각을 분명히 얘기할 줄 알고, 싫은 것에는 "아니요"라며 제 생각을 말할 줄도 압니다. 그 아이처럼 당신도 하고 싶지 않은 일에 대해서는 "싫다"고 자기 생각을 분명히 말해야 합니다. 누군가 당신에게 상처를 준 상황을 떠올려보십시오. 그 상처에 마음이 흔들리지 마십시오! 다만 당신에게 상처를 준 사람을 크게 꾸짖는다면 어떤 느낌이 들고 어떤 것을 깨닫게 될지 한번 시도해보십시오. 지난 상황에서 당신이 눌러 참고 침묵했던 모든 것을 다 말하십시오.

쿵쿵 밟기

특히 상처가 깊게 남았던 일을 종이에 큰 글씨로 적어보십시오. 종이가 잘 보이도록 바닥에 내려놓습니다. 속이 풀릴 때까지 맨발로 종이를 밟고 쿵쿵 발소리를 내며 걸으십시오. 처음에는 빠른 속도로 격렬하게 걷다가 나중에는 천천히 걸으십시오. 걸으면서 자신에게 크게 말하십시오. "난 이제 그 어떤 것에도 흔들리지 않을 거야!"

이 체험을 '새로운 길' 일기장에 적으십시오. 이 예식을 하면서 마음이 어땠습니까? 쿵쿵 소리를 내며 종이를 밟는 일이 쉬웠습니까? 아니면 어려웠나요? 어떤 느낌이 들었습니까? 어떤 기억이 떠오르던가요? 이제 홀가분해졌나요?

분노 그리기

종이와 크레파스를 준비하십시오. 당신이 화가 치민 상황을 다시 한 번 구체적으로 그려보십시오. 당신의 감정은 무슨 색이고, 어떤 형체를 하고 있나요? 크기는 얼마나 되고, 무게는 얼마나 나갈까요?

당신의 느낌을 종이에 표현해보십시오. 당신의 기분에 딱 들어맞는 동작을 강조하십시오. 어쩌면 아주 강하게 표현하고 싶을지도 모르겠습니다. 눈에 띄는 색을 칠하거나 격렬한 동작을 그리고 싶겠지요. 혹은 선의 움직임을 여러 가지 색깔로 표현하며 종이를 가득 채우고 싶기도 할 것입니다. 뾰족한 모서리나 새빨간 불꽃도 당신의 분노를 잘 드러냅니다.

그림을 다 그리고 나니 어떤 느낌이 듭니까? 당신에게 어울리는 제목을 그림에 달 수 있겠습니까?

날계란 던지기

날계란을 욕조에 던지며 떠난 이를 마음껏 비난하십시오. 던지는 동작이 격렬하면 할수록 분노에 따르는 몸의 긴장을 더 많이 풀 수 있습니다.

치고 때리기

주먹으로 베개를 힘껏 치십시오. 그러면서 큰 소리로 상대방의 잘못을 지적하십시오. 기둥에 밧줄이나 끈을 매달아놓고 잡아당길 수도 있습니다. 이때 생기는 저항이 당신에게 어느 정도의 에너지가 남아 있는지를 잘 보여줍니다. 바로 이 에너지가 당신이 미련을 버리고 홀로 서는 데 쓰일 에너지입니다.

쓰기

종이와 펜을 준비하십시오. 그/그녀가 당신에게 했던 온갖 비열한 행위를 적으십시오. 분이 풀릴 때까지 적어두고, 필요할 때마다 거듭 읽으십시오.

목표

분노는 매우 중요합니다. 분노를 표출하는 것이 마음의 짐을 내려 놓는 방법이라는 것을 받아들이십시오. 단, 그 방법이 당신은 물론 그 누구에게도 해가 되면 안 되겠지요.

권고
– 분노와 정면으로 대결할 때 잠시 감정이 격해질 수 있습니다. 시간을 내어 자신에게 맞는 방법을 찾아 감정을 다스리십시오.
– 분노는 유익한 감정입니다. 분노를 활용해 한때 사랑했던 사람, 아직도 사랑하는 사람과 마음속으로 분명한 선을 그을 수 있습 니다.
– 복수심을 느끼는 자신을 용서하십시오. 이 순간 그런 감정이 북 받치는 것은 지극히 정상적입니다. 이별을 고하고 상처를 치유 할 때는 복수심도 힘이 됩니다.

감정을 시인하고 받아들이기

당신은 결국 자신의 감정에 무릎 꿇지 않았습니다! 가슴을 짓 누르는 감정을 낱낱이 적어보고 거기에 이름을 붙여보면 그 감 정들을 이해하고 받아들이는 법을 배울 수 있습니다. 이별을 맞 은 사람들은 다음과 같은 갖가지 감정을 맛보게 됩니다.

흥분, 소진, 무감각, 화, 긴장, 앙금, 외로움, 억압, 짓눌림, 혼란스러움, 우울, 격노, 성마름, 신경질, 경직, 비참함, 증오, 복수심, 분노, 원한, 불만, 절망, 무기력, 무가치, 슬픔, 공허, 불확실함, 불안, 상처, 고통, 몰이해, 환멸, 반항심, 암담함, 불평, 좌절, 막막함, 열등감, 부당함, 낙담, 실망, 가련함, 상심, 허탈감, 타성, 무력감, 나약함, 죄책감, 충격, 마비, 고독, 기피, 질투, 그리움, 상실감, 당황스러움, 자포자기, 심란함, 전율.

이 다양한 감정 가운데 하나를 고르십시오. 당신의 감정이 잘 드러나는 그 낱말을 자신에게 들려주십시오. 그리고 자신에게 말하십시오. "그래, 사실 나는 그렇게 느껴." 그 감정에 집중하며 자신이 그 낱말이라고 상상하십시오.

잠시 눈을 감고 이 낱말이 어떻게 바뀌기 시작하는지 관찰하십시오. 글자가 커질 수도 있고 작아질 수도 있습니다. 당신 내면의 눈앞에서 그 낱말이 흐릿해질지도 모릅니다. 이제 손바닥으로 눈을 가리십시오. 내면의 영상과 조우하는 데 집중하십시오. 무엇이 달라졌습니까?

자신에게 "나야"라고 말하며 얼굴과 머리카락을 쓰다듬으십시오.

기지개를 켜듯 몸을 쭉 펴면서 예식을 마칩니다. 지금 체험한 내용을 '새로운 길' 일기장에 적으십시오.

자신의 감정을 시인하고 받아들일 때 비로소 자신을 위로할 수 있습니다. 그리고 팽팽하게 당겨졌던 긴장의 끈도 느슨해질 수 있습니다.

자신이 어떤 감정을 부인하는지 관찰하십시오. 그런 감정을 털어버리려고 애쓴다면 무슨 일이 일어날까요? 당신에게 버거웠던 감정을 시인한다면 어떻게 될까요? 그 차이점에 주목하십시오.

찰흙으로 '내면의 지혜' 끌어내기

부드럽고 말랑말랑한 것에는 신경을 진정시키는 효과가 있습니다. 이번에는 찰흙만 있으면 충분히 할 수 있는 예식입니다.

찰흙을 앞에 놓고 적당한 양을 떼어내십시오.

그리고 자신이 스스로 무력하다고 느낀 상황을 떠올리십시오. 그리고 잠시 떠오르는 생각과 감정을 살펴보십시오. 준비한 찰흙 덩이를 손에 쥐고, 찰흙을 주물러보며 이런저런 모양을 빚어봅니다.

이제 눈을 감고 내면에 잠재해 있는 어떤 에너지와 교류한다고 상상하십시오. 그 에너지를 '내면의 지혜'라고 부르겠습니다.

이 숨은 에너지원에게 부탁하십시오. 당신의 손을 움직여, 무력한 상태에서 빠져나와 상처를 치유할 수 있는 어떤 형체를 만들게 해달라고.

눈을 뜨고 당신이 만든 형체를 바라보십시오. 당신이 만든 작품이 말을 할 수 있다면, 과연 무슨 말을 할까요? 당신에게 어떤 메시지를 던질까요?

이 예식을 하면서 얻은 깨달음을 '새로운 길' 일기장에 적으십시오.

찰흙 놀이를 하면 무력감이 사라질 수 있습니다. 손을 놀리다 보면 내적 에너지도 활성화됩니다.

자녀가 있다면, 이 예식을 변형해볼 수 있습니다. 아이와 함께 흥미로운 형체를 만들어보는 것입니다.

상징물에서 위로받기

황금색 리본이나 분홍색 리본으로 바닥에 하트 모양을 만드십시오. 그 안에 들어가 앉을 수 있는 크기여야 합니다. 지금 어떤 생각이 당신을 특히 슬프게 하는지 살펴보십시오. 둘이 함께 하면 좋았을 미래입니까? 아니면 머릿속을 떠나지 않고 거듭거듭 마음을 억누르는 어떤 구체적인 상황입니까?

하트 안으로 들어가 앉으십시오. 이제 숨을 들이쉴 때마다 치유 에너지와 위로의 기운을 몸 안으로 받아들이고, 숨을 내쉴 때마다 이 좋은 기가 복부로 흘러들어간다고 상상하십시오. 몸의 중심부에 정신을 집중하면서 숨이 거기로 흘러들어가게 하십시오. 손을 배 위에 올려놓고 숨결에 따라 손이 어떻게 움직이는지 관찰하십시오. 그렇게 숨결을 느끼면서 잠시 머물다가 예식을 끝내고 자리에서 천천히 일어납니다. 뭔가 달라진 것이 있습니까?

목표

하트 모양은 당신을 위로하는 상징입니다. 다른 어떤 모양으로든 응용할 수 있습니다. 그 안에서 자신의 숨결을 의식하면 기분이 밝아질 수 있습니다.

권고

하트 모양으로 만든 보석, 혹은 돌맹이를 몸에 지니고 다녀보세요. 치유 에너지를 활성화하고 싶을 때마다 그 돌을 만지면 위로를 받을 수 있습니다. 무의식 세계에서 '하트'는 희망의 닻을 상징합니다.

사랑하는 심장에게 편지 쓰기

종이와 펜, 그리고 즐겨 마시는 포도주나 차를 준비합니다. 그리고 촛불을 켭니다. 이런 분위기에서 당신의 심장에게 편지를 쓰십시오. 인도의 음악가이자 사상가인 하츠라트 이나야트 칸은 이런 명언을 남겼습니다. "영혼을 비추는 말은 보석보다 값지다."

먼저 '사랑하는 심장에게'라는 인사말로 시작합니다. 깊이 생각하지 말고 그냥 애정 어린 말이 심정으로 흘러가게 놔두십시오. 완전한 문장을 구사할 필요도 없고, 단어 조각들을 애써 짜맞출 필요도 없습니다. 글을 쓰면서 자신의 감정과 교류하는 것 자체가 중요합니다. 지난날의 상처를 보상받는 데 도움이 될 만한 말을 쓰십시오. 그리고 자신을 위로하고 힘이 되는 표현으로 편지를 마무리합니다.

목표

말에는 특별한 위력이 있습니다! 적절한 표현을 사용해 평정심을 되찾고 위로받는 법을 배웁니다.

권고

- 편지를 봉투에 넣으십시오. 당신의 집주소로 편지를 부치고 며칠 후 그 편지를 받고 다시 한 번 읽어보면 깜짝 놀라게 될 겁니다. 얼마나 큰 위로가 되는지를 느낄 수 있을 겁니다.

- 편지에 적힌 긍정적인 글을 큰 소리로 읽으면 평정심을 찾을 수 있습니다.

불안과 정면으로 대결하기

지금까지 살아온 환경이 바뀌면 불안감이 드는 것이 당연합니다. 따라서 불안이 얼마나 오래 지속되는지를 알아야 합니다. 어떤 불안감이 당신을 안절부절못하게 하거나 혹은 오히려 더 강하게 만들었습니까? 다음에 제시된 표에 불안의 수위를 표시해보십시오. 1은 불안감이 매우 낮은 상태이고, 10은 극도의 불안감을 가리킵니다.

섹스에 대한 불안감	1	2	3	4	5	6	7	8	9	10
외로움에 대한 불안감	1	2	3	4	5	6	7	8	9	10
남들이 하는 말에 대한 불안감	1	2	3	4	5	6	7	8	9	10
경제적 궁핍에 대한 불안감	1	2	3	4	5	6	7	8	9	10
능력 부족에 대한 불안감	1	2	3	4	5	6	7	8	9	10
혼자서 아이를 길러야 한다는 데 대한 불안감	1	2	3	4	5	6	7	8	9	10
무의미에 대한 불안감	1	2	3	4	5	6	7	8	9	10
권태에 대한 불안감	1	2	3	4	5	6	7	8	9	10
삶의 변화에 대한 불안감	1	2	3	4	5	6	7	8	9	10

어떤 항목의 불안감 수위 점수가 가장 높게 나왔나요? 그 항목의 점수를 끌어내리려면 어떻게 해야 할까요? 그리고 또 낮춰야 할 항목은 무엇인가요? 다른 사람들의 도움과 응원이 필요할까요? 무기력감을 떨쳐내고 다시 세상을 향해, 사람들을 향해 나아가는 데 도움이 될 생각을 몇 가지 적어보십시오. 이제 그 가운데 하나를 실행합니다.

캐럴린은 '혼자서 아이를 길러야 한다는 데 대한 불안감'에 9점을 주었다. 그래서 그 불안감을 9에서 8로 끌어내리기 위해 무엇을 해야 할지를 곰곰이 생각했다. 그러다가 '싱글맘 모임'의 회원이 될 수 있다는 생각이 떠올랐다. 캐럴린은 바로 전화를 걸어 모임 날짜를 확인했다.

목표

다양한 불안과 거리를 두는 법을 배웁니다. 자신이 지금 느끼는 불안감이 무엇인지 정체를 파악하고, 구체적인 행동으로 옮기는 데 도움이 될 만한 것들을 숙고합니다.

권고

지난 주 혹은 이번 주에 이별이나 이혼에 대해 어떤 생각이 머리를 스쳐갔는지 돌아보십시오. 당신의 생각을 주도해야 합니다. 쓸모없는 생각이 떠오르면 "그만"이라고 단호히 말하십시오.

상처 준 사람을 용서하기

떠나간 이에게 원한을 품고 있습니까? 그/그녀를 용서하지 못하고 이미 가버린 사람에게 불행한 일만 연이어 일어나길 바라고 있지는 않나요? 사실 내게 상처를 준 사람을 용서하기란 늘 어려운 법입니다. 그리고 용서에 앞서 먼저 상대방의 잘못을 밝히는 일이 중요하다고 느낄 것입니다. 그/그녀의 잘못을 충분히 짚어냈다면, 그리고 이제 그동안 품었던 원한을 누그러뜨리고 당신 자신의 일을 진지하게 생각해야 할 때라고 여긴다면, 이번 예식이 매우 적절할 것입니다.

종이와 펜을 준비하십시오. 종이를 세 칸으로 나누고 다음 보기에 따라 문장을 시작하되, 당신 자신의 말로 문장을 완성하십시오.

마흔세 살의 중년 여성 소피는 결혼한 지 8년 만에 이혼했다. 그녀는 그때의 상황을 이렇게 적는다.

나는 용서할 마음이 없어. 그 사람이 나를 속였으니까……
그 사람이 죄책감을 가졌더라면 …… 나는 그를 용서할 수 있었을 텐데.
남편을 용서했더라면 …… 나는 다시 웃고 기뻐할 텐데.

당신이라면 어떤 답을 적겠습니까? 빈 칸에 답을 쓰고 그 가운데 하나를 고르십시오. 그 답을 작은 카드에 옮겨 적으십시오. 쓴 문장을 날마다 자주 읽으십시오. 그 문장이 잠재의식 속에 작용하면서 언젠가는 당신이 상대방을 비난하는 일도 끝날 것입니다.

목표.

상처에만 집중하면 마음이 차가워지고 딱딱하게 굳습니다. 이 예식을 하다 보면 용서는 자신의 일에 몰입하고 자신을 존중하게 하는 의미 있는 행위임을 깨닫게 될 것입니다.

권고

이 예식을 확대해 스스로를 책망하는 일도 끝내야 합니다. "나는 나를 용서한다. ······ 때문이다"라는 문장에 대해 떠오르는 생각을 적어보십시오. 그 상황에서는 자신이 달리 행동할 수 없었던 까닭을 충분히 찾아보십시오.

부정적인 생각을 밀어내고 깊은 잠 자기

특히 잠자리에 들면 떠난 이에 대한 그리움이 불쑥불쑥 올라올 수 있습니다. 이런 감정은 숙면에 직접적인 영향을 미칩니다. 따라서 잠들기 전에 부정적인 감정을 밀어내야 합니다. 잠이

들기 전에 지난날의 힘들고 어려웠던 일만 생각하다 보면 다음 날 아침에 가뿐히 일어날 수 없습니다. 아침의 활력도 사라집니다. 그러므로 당신을 긴장케 하는 생각들을 정리해야 합니다.

깨어 있는 상태에서 당신이 할 만한 내적 독백이 있을까요? 잠들기 전에 이별을 떠올리면 어떤 생각들이 머리를 스쳐갑니까? 그 생각이 마음을 짓누릅니까? 그 생각을 멈추고 통제해 괴롭고 아픈 마음을 가려앉혀야 합니다. 여기 몇 가지 방법이 있습니다.

- 긴장이 풀리는 음악을 들으며 마음을 위로하는 글을 읽으십시오.
- 아름다운 풍경 사진을 들여다보며 감상하십시오. 중심 소재가 될 만한 특징들을 하나하나 적으십시오. 마음속으로 자신이 꼬마라고 상상하며 그 아름다운 곳에서 산책하십시오. 이런 상상을 하면 어떤 기분이 듭니까? 그곳에서 당신은 무엇을 할 수 있습니까? 어떤 일이 일어날까요?
- 그림엽서를 바라보십시오. 자신이 그 그림을 그린 화가라고 상상하십시오. 당신은 무엇을 바꾸겠습니까? 어떤 색을 사용하면 더 강렬한 느낌이 들까요? 아니면 더 흐릿하게 그리겠습니까? 엽서를 들여다보며 그 밖에도 떠오르는 생각이 있나요? 이런 연상을 하면서 환상의 세계로 들어가십시오.

당신의 생각이 그/그녀와 헤어진 시점으로 돌아갈 때마다 잠들기 전에 마음속으로 말하십시오. "됐어, 이제 그만!" 풍경 사진이나 그림엽서를 떠올리며 눈을 감고 그 안의 장면을 생생하게 그려보십시오. 언젠가 쉽게 잠들 날이 올 것입니다.

목표

잠들기 전에 마음에 드는 영상을 떠올리는 연습을 합니다.

권고

연습을 확대하십시오. 잠들기 전에 오색찬란한 꽃밭이나 힘차게 쏟아지는 폭포수, 지저귀는 새소리 혹은 따뜻한 햇살을 그려보십시오. 기분 좋은 상상이나 생각에도 몰두하십시오.

상상 연습

'내면의 아이' 만나기

내면의 아이와 만나며 당신은 위로받고 기분이 밝아질 수 있습니다. 자신이 꼬마둥이가 되어 몸속으로 미끄러져 들어간다고 상상하십시오. 그곳에 이르러 내면의 아이와 만납니다. 아이는 몇 살인가요? 무슨 옷을 입고 있습니까? 그 아이는 방금 무엇을 했나요? 기분은 어때 보이나요?

자신의 감정에 대해 뭔가 이야기해달라고 내면의 아이에게 부탁하십시오. 내면의 아이가 당신의 청을 못 들은 것 같습니까? 상처받은 것처럼 보입니까? 아니면 경멸의 눈빛으로 당신을 바라봅니까? 혹은 사랑받지 못해 슬퍼 보이나요? 이 순간 당신 내면의 아이는 어떤 감정을 지니고 있나요?

내면의 아이를 위로해주십시오. 아이를 안고 달래주십시오. 아이를 보듬고 생기가 돌게 해주십시오. 지금 이 순간 떠오르는 온갖 감정을 그대로 받아들이십시오.

내면의 아이를 동굴로 데려가 편히 쉬게 해주십시오. 당신이 언젠가 돌아와 가까이 있고 싶고 위로받고 싶어 하는 아이의 욕구를 다시 들어줄 때까지.

당신 내면의 아이가 존중받고 사랑받는다고 상상하며 예식을 끝내십시오.

목표

위기 상황에서 내면의 아이를 따뜻하게 감싸주고 아이에게 필요한 관심을 보입니다.

권고

어린 시절의 사진을 지니고 다니십시오. 슬플 때, 혹은 세상의 요구가 너무나 부담스러울 때마다 사진을 들여다보십시오. 내면의 아이를 존중하면서 대화를 나누십시오.

슬픔을 받아들이기

이별하는 과정에서 어김없이 나타나는 충실한 동반자는 슬픔입니다. 이스라엘의 서정시인 예후다 아미하이는 이런 말을 했습니다. "슬픈 눈 한쪽을 감으십시오. 이어서 다른 슬픈 눈 한쪽도 감으십시오. 이제 당신은 잘 볼 수 있습니다."

눈을 감고 상실의 슬픔이 밀려오는 상황을 떠올리면 어떤 느낌이 듭니까? 슬픈 감정을 받아들일 수 있습니까?

슬픔이 생명을 얻어 당신과 소통할 수 있다고 상상해보십시오. 어떤 모습인가요? 키는 얼마나 큽니까? 무슨 옷을 입고 있나요? 그 존재는 어디에 있습니까? 정확히 무엇을 하고 있나요?

당신 슬픔의 화신인 상상의 존재와 대화하십시오. 그 슬픈 존재에게는 무엇이 필요할까요? 당신은 그를 어떻게 도와줄 수 있을까요? 슬픈 존재는 무엇을 원할까요? 당신이 어떤 선물을 주어야 자신이 진심으로 대우받고 존중받는다고 느낄까요?

숨을 들이마시고 내쉴 때마다 밀려오는 느낌을 그냥 받아들인다고 생각하십시오. 당신이 자신의 감정을 받아들이고 시인한다면 무슨 일이 일어날까요? 뭔가 변화된 게 있습니까? 당신이 상상한 존재도 달라졌을까요? 손을 내밀고 상상의 존재와 작별하십시오.

이 체험을 '새로운 길' 일기장에 적으십시오.

이 연습을 하며 상상 속에서 자신의 슬픔과 대면합니다.

슬픈 느낌이 들 때마다 속으로 되뇌이십시오. "나는 슬픔을 받아 들이기로 결심했다." 이제 당신은 슬픔을 잘 견뎌낼 수 있습니다.

상처 입은 심장을 치유하기

이번 예식을 하며 자신의 심장을 어떻게 그려보고 싶습니까? 상상하기에 따라 심장은 해부학적인 모습이 될 수도 하고, 핑크 빛 하트 모양이 될 수도 있습니다.

눈을 감고 지난 관계에서 입은 상처의 흔적이 또렷이 드러난 심장을 상상하십시오. 심장이 화살에 맞아 뻥 뚫렸거나 칼에 깊 이 찔렸다는 생각이 들지도 모르겠습니다. 상처를 될 수 있는 대 로 생생하게 그려보십시오. 다쳐서 생긴 균열, 구멍, 유착, 피가 흐르는 부위를 상상하며 그 고통도 함께 느껴보십시오.

당신이 직접 자신을 치료하는 의사가 되십시오. 상처를 치료 하기 위해 당신이 할 수 있는 일은 무엇이 있을까요? 피 묻은 화 살이나 그 밖의 다른 대상물을 치울 수 있고, 상처 난 심장을 따 뜻한 물로 깨끗이 닦아내고 연고를 바르거나 마사지할 수도 있습니다. 자신을 위로하고 진정시키는 말을 합니다. 혹은 전혀 색다른 치료법을 생각해내어 실행에 옮길 수도 있습니다.

이 상처를 잊기에 적당한 노래를 생각해내고, 그 노래가 특별히 당신을 위해 들린다고 상상하십시오.

숨을 내쉬고 들이마실 때마다 당신의 심장이 황금빛으로 가득 채워지는 장면을 그리면서 예식을 마치십시오. 마음이 편안해지고 치유될 수 있습니다.

참고

- 심장 부위를 부드럽게 문지르십시오. 향이 좋은 오일이나 마사지 오일도 바르십시오.
- 손을 심장 위에 올려놓으십시오. 내면의 아이가 심장 위에 앉아 당신의 손길을 느낀다고 상상하십시오.
- 마음이 아플 때마다 양손을 심장에 대십시오. 그리고 이제 더는 어떤 상처도 허용치 않겠다고 자신에게 말하십시오.

공놀이하듯 감정을 제어하기

미래의 불확실함, 세상에 홀로 남겨진 듯한 고독감, 특히 무거운 돌이 가슴을 내리누르는 듯한 느낌, 이 모든 감정을 마치 작은 공처럼 손 안에 들고 있다고 상상하십시오. 이 감정 중에서 특히 먼저 해결하고 싶은 것을 고르십시오.

당신의 감정이 들어 있는 이 공은 얼마나 큽니까? 무게는 얼마나 될까요? 공은 무슨 색인가요? 어떤 재료로 만들어졌습니까?

공을 어딘가로 굴리거나 던지는 장면을 상상하십시오. 이제 그 공을 더 크게 만드십시오. 공이 커지면 어떤 느낌이 드는지 살펴보십시오.

이번에는 공을 작게 만들되, 눈에 보일 정도는 되어야 합니다. 공이 줄어들 때 어떤 느낌이 드는지 살펴보십시오.

공 색깔을 바꿔보십시오. 상상하면서 공의 느낌과 거리를 둘 수도 있다고 생각하십시오. 이제 그 공을 가지고 무엇을 하고 싶은지 정하십시오. 상상을 자유롭게 펼치십시오.

여기서 경험한 내용을 '새로운 길' 일기장에 적으십시오. 예식을 마친 뒤 당신의 감정 세계에서 어떤 변화가 나타났는지 주목하십시오.

줄리는 이 예식을 시작할 때 공을 시멘트처럼 무거운 물체로 상상하고 타르처럼 어두운 색으로 그렸다. 처음에는 공을 던지지도 못했다. 그렇지만 공이 줄어드는 모습은 상상할 수 있었다. 그다음에는 공이 더 가벼워지고 색깔도 한결 밝아졌다.

공놀이 상상을 하면서 자신의 마음 상태를 바꿀 용기를 얻습니다.

억눌린 감정을 상상 속에서 놀이하듯 다루는 법을 익히십시오. 슬픔과 고독, 무력감을 비롯한 부정적 느낌들을 공 안에 집어넣을 수 있습니다.

유리벽으로 보호막 만들기

최근에 그/그녀에게 당했던 괴로운 사건을 떠올려보십시오. 무슨 일이 일어났습니까? 그 상황에서 당신을 괴롭혔던 것은 무엇이었습니까?

눈을 감고 매우 두꺼운 유리벽을 그리십시오. 이 유리벽을 당신 자신과 그 힘겨운 상황 사이로 밀어넣는 것입니다. 유리벽을 하나하나 그려보십시오. 두께는 얼마나 되나요? 무슨 색을 띠었나요? 자신과 억눌린 상황 사이로 유리벽을 밀어넣는다고 상상할 때 어떤 느낌이 듭니까? 상상 속에서 유리벽을 더 두껍게 만드십시오. 그 사람이 보인 온갖 불쾌한 말과 행동이 유리벽에 반사된다고 상상하십시오.

유리벽을 보호막으로 삼아 당신 자신과 괴롭고 힘들었던 상황 사이로 밀어넣을 수 있다면 어떨지 더 깊이 상상하십시오. 곤경에 처한 당신에게 무엇이 달라질까요? 어떤 상처를 받아들이기가 덜 힘들겠습니까?

이 체험을 '새로운 길' 일기장에 적으십시오.

필립은 아내와 부딪힐 때마다 '유리벽' 기법을 적용한다. 아내는 그에게 실패한 건달이라며 비난을 퍼붓는다. 필립은 이 예식을 하면서 지금까지 보인 부정적인 반응(찻잔을 집어 던지거나 이성을 잃고 흥분하거나, 혹은 분노하고 소리 지르기 등)을 멈추게 되었다.

목표

헤어질 때가 되면 여태껏 펼쳐온 자기 보호 전략이 쓸모없어지기도 합니다. 그러나 자신을 지키겠다는 마음을 품어야 합니다. 그래야 다른 사람들의 공격에 힘없이 넘어가는 듯한 기분을 막을 수 있습니다.

권고

스스로 무력한 느낌이 들고 지나치게 간섭을 받는다는 느낌이 들 때마다 '유리벽' 기법을 활용하십시오. 이 기법은 자기 보호 효과가 있고 경솔한 행동을 삼가는 데도 도움이 됩니다.

자신을 갉아먹는 분노를 터트리기

분노를 계속 억누르기만 하면 몸이 병들 수 있습니다. 이번 예식을 하면서 마음을 진정시키십시오. 이 순간 특히 화가 치솟는 과거의 상황을 떠올리십시오.

창이 많이 달린 거대한 건물 앞에 자신이 서 있다고 상상하십시오. 주머니에는 돌이 들어 있습니다. 화를 가라앉히려면 돌을 던져 창을 몇 장이나 깨뜨려야 할까요? 그 동작을 얼마나 계속해야 분노가 걷어질까요?

될 수 있는 대로 창을 많이 깨뜨리십시오. 당신의 팔과 손의 움직임을 느껴보십시오. 창이 깨지는 소리에 주목하십시오. 그렇게 많은 창을 깨뜨릴 때 들리는 소리는 어떤가요?

분노가 자신을 갉아먹게 하지 말고 상상 속에서 마음을 진정시킵니다.

몸을 움직이십시오. 예를 들어 방에서 쿵쿵 발소리를 내며 이리저리 다니거나 큰 숟가락으로 냄비를 탕탕 두드려도 좋습니다.

Chapter 1 3

당신의 내면에는 당신이 지금 느끼고 있는 것보다

훨씬 더 많은 자원이 잠재되어 있습니다.

이제 소개할 다양한 예식을 자주 하면 할수록,

더 빨리 내면의 에너지를 찾고 당신에게 닥치는 문제를

더욱 잘 극복해낼 수 있습니다.

텅 빈 마음에
활기를 채우는 예식

이별이나 이혼을 겪으면 바다 한가운데에서 뒤집힌 배처럼 삶이 궤도에서 벗어나게 됩니다. 지금까지 이어온 관계가 끝났으니 당신은 자신의 능력과 가능성을 시야에서 잃었을지도 모릅니다. 사람만 잃는 것이 아니라 몸에 밴 일상 자체가 무너지는 참담함을 맛보게 됩니다.

그/그녀와 함께하고 싶은 마음은 이제 더는 남아 있지 않습니다. 드디어 마음의 고향을 찾았다고 기뻐하며 누렸던 결속감은 무참히 끊어지고 말았습니다. 그렇게 당신은 자기 자신을 잃어버리고 마음속에는 온통 심한 불안감만 요동치고 있습니다. 그/그녀와 함께하면서 내면에서 빛나던 자아는 이별을 앞에 두고 마치 죽어 없어진 듯하고 다시는 되찾지 못할 듯합니다.

다음에 나오는 예식들이 당신이 자기 자신과 새로운 관계를 구축하도록 도와줄 것입니다. 당신은 내면에서 새로운 에너지를 다시 힘차게 뿜어 올릴 수 있습니다. 당신의 내면에는 당신이 지금 느끼고 있는 것보다 훨씬 더 많은 자원이 잠재되어 있습니다. 이제 소개할 다양한 예식을 자주 하면 할수록, 더 빨리 내면의 에너지를 찾고 당신에게 닥치는 문제를 더욱 잘 극복해낼 수 있습니다.

인지 및 행동

숨결을 따라 흘러가는 치유 호흡법

자신이 찾는 것은 발견되지 않은 채
그대로 있다는 사실을 깨닫게 될 것이다.
– 소포클레스

천천히 심호흡을 하면 긴장이 풀리지만, 흥분할 때면 숨이 가빠집니다. 마음속으로 자신의 숨결을 따라갈 때 내면이 진정됩니다.

매트 위에 등을 대고 누우십시오. 다리는 허리 넓이만큼 벌리십시오. 몸의 중심부에 정신을 집중하십시오. 양손을 배 위에 올려놓으십시오.

숨을 들이쉴 때마다 '나야'라는 말을 생각하고, 숨을 내쉴 때마다 자신을 단련할 수 있는 낱말, 예컨대 '신뢰'나 '희망', '힘' 같은 단어를 떠올리십시오.

숨을 쉬는 사이사이에도 주의를 집중해야 합니다. 그 틈새를 의식하며 다시 숨을 들이쉬는 순간도 의식하십시오. 그렇게 여러 번 호흡하다 보면 기분이 밝아질 것입니다. 몸을 쭉 뻗으면서 예식을 마치십시오.

목표

호흡은 자연스럽게 몸과 마음에 영향을 미칩니다. 올바른 호흡 운동을 하다 보면 몸이 회복되고, 마음도 고요해집니다.

권고

- 앞날이 걱정스러울 때면 숨소리가 어떻습니까? 찬찬히 살펴보십시오!
- 자신의 에너지와 강점을 활성화해 장차 닥칠지 모르는 역경에 적절히 대처하겠다고 생각할 때는 숨결이 어떤가요?
- 숨을 편안히 여러 번 들이쉬고 내쉬십시오. 숨을 들이쉬고 내쉬는 틈의 찰나에 '신뢰'나 '힘' 같은 낱말을 떠올리십시오.

거울을 바라보며 긍정적인 최면 걸기

기분은 거울을 보면 바로 드러납니다. 거울 앞에 서서 이미 끝난 관계를 떠올리며 표정을 살펴보십시오. 이번에는 다른 사람들의 존경과 사랑을 받고 직장에서 인정받는 상황을 그려보십시오. 안색이 어떻게 달라졌습니까?

거울에 비친 얼굴 표정에서 용기와 결단, 자신감을 읽을 수 있을 때까지 거울을 바라보며 연습을 해보십시오. 그리고 거울에 비친 얼굴을 다정한 눈길로 바라보면서 예식을 마치십시오.

목표
내면에 깃들어 있는 힘과 강점을 느끼고, 그것을 밖으로 표출해야겠다는 마음을 다집니다.

권고
얼굴이 흐려 보이고 가벼운 최면 상태에 빠진다는 느낌이 들 때까지 거울을 계속 바라보십시오. 그런 다음에 스스로에게 긍정적인 말을 건네십시오. 이때 눈빛과 표정이 어떻게 달라졌는지를 주목하십시오.

신체 에너지 충전하기

이번 예식에서는 몸을 많이 움직이게 될 겁니다. 양손에 쥘 만한 줄을 준비하십시오. 팔을 뻗기에 충분한 공간에 자리를 마련하십시오.

이제 눈을 감습니다. 그렇게 서 있는 동안 어떤 기분이 듭니까? 주의를 발바닥으로 돌리십시오. 바닥에서 올라오는 에너지를 발을 통해 빨아들인다고 상상하십시오. 바닥과 딱 달라붙은 느낌이 들 겁니다. 마치 마법이 작용해 바닥에 뿌리박은 것처럼 행동하십시오.

이제 양손에 줄을 꼭 쥐고 팔을 위로 올리십시오. 팔은 되도록 넓게 벌리고 그때 생기는 긴장감을 느껴보십시오. 팔을 힘차게 뻗되, 통증이 느껴질 정도로 무리하지는 마십시오. 팔을 뻗은 느낌이 어떻습니까? 팔을 잠시 아래로 내렸다가 이 동작을 다시 한 번 되풀이하십시오. 이때 생기는 근육의 긴장에 주목하십시오. 그리고 자신에게 말하십시오. "이것이 내 에너지야. 이 에너지를 잘 사용하겠어."

그리고 팔과 다리를 흔들어 털고 머리를 앞으로 숙이면서 예식을 끝내십시오.

신체 에너지를 동지 삼아 정신력을 활성화합니다.

지치고 피곤할 때마다 이 예식을 하십시오. 몇 분이 지나지 않아 에너지가 충전될 것입니다.

양 손바닥 사이의 기를 몸속으로 흘려보내기

이별을 맞아 무엇보다 중요한 것은 삶의 의지를 되찾고 미래를 설계하는 것입니다. 의자 위에 바른 자세로 편안히 앉으십시오. 양 손바닥을 힘껏 누르며 한 손이 다른 손에 가하는 압박을 느껴보십시오.

이제 양 손바닥을 서서히 떼십시오. 이때 양 손바닥 사이의 보이지 않는 틈새로 기(氣)가 흘러들어간다고 상상하십시오. 양손을 천천히 뗄수록 두 손이 기로 서로 꽉 묶여 있다는 느낌이 더욱 강하게 들 겁니다.

양 손바닥을 다시 모으되, 서로 맞닿게 하지는 마십시오. 적어도 1센티미터는 떨어져야 합니다. 이제 양 손바닥 사이에서 뭔가 늘릴 수 있는 물질 같은 에너지가 만져지는 것이 느껴질 겁니다. 이 에너지를 정말 늘리거나 잡아당길 수 있을 것 같은 느낌이 들 겁니다.

에너지가 충전된 손을 배꼽 위에 있는 명치에 얹으십시오. 생성된 에너지가 뱃속으로 흘러들어간다고 상상하십시오.

양손 사이에 존재하는 보이지 않는 에너지에 집중하고 그때 생기는 기를 감지하면 기분이 밝아집니다.

- 예식에 들어가기 전에 손을 따뜻하게 하고 긴장을 푸십시오. 예식을 끝낸 뒤에도 긴장을 푸십시오.
- 내면에 에너지원이 있다고 상상하십시오. 상상 속에서 내면을 찾아갈 때마다 힘차게 솟구치는 에너지원을 그려보는 겁니다.

몸의 긴장을 이완시키기

이별은 몸에도 영향을 끼쳐, 이런저런 장애가 나타날 수 있습니다. 그러니 마음만큼이나 몸에도 주의를 기울여야 합니다.

두 사람의 관계에서 아직 풀리지 않은 문제에 골몰할 때 몸은 어떻게 반응합니까? 당신을 특히 짓누르는 생각을 끌어내보십시오.

당신은 지금 어떤 몸짓을 취하고 있습니까? 숨소리는 어떤가요? 어깨는요? 머리와 목은 어떤가요? 손과 팔의 상태는요? 바닥이나 의자에 앉을 때는 느낌이 어떻습니까? 몸의 중심은 어디에 있습니까? 특히 몸의 어느 부분이 다른 부분보다 더 긴장되어 있는지 눈여겨 살펴보십시오. 근육이 심하게 뭉친 부위는 어디이고, 약하게 뭉친 곳은 어딘가요? 이런 상태가 당신에게 어떤 영향을 미치고 있으며, 어떤 감정을 불러일으킵니까?

자세를 바꿔보십시오. 그 순간 자신을 강하게 단련시키는 말에는 어떤 것이 있을지 골똘히 생각해보십시오. 그리고 큰 소리로 그 말을 내뱉어보십시오. 이때 몸에 나타나는 감각의 변화에 주목하십시오. 그 말을 되풀이하십시오. 당신이 변화를 느낄 수 있을 때까지.

이제 똑바로 서십시오. 등을 반듯하게 세우고, 다리는 허리 넓이만큼 벌리십시오. 발바닥과 지면이 서로 통한다는 생각을 잊지 마십시오. 어떤 느낌이 듭니까? 전과 비교해 달라진 것이 있습니까?

목표
생각은 몸에 영향을 미칩니다. 흥분하면 몸이 긴장되지만, 자신을 단련시키는 생각을 하면 몸의 긴장이 이완됩니다.

권고
조용히 자리에 앉으면서 예식을 끝내십시오. 마음이 차분히 가라앉을 겁니다.

생각을 단련시키는 향기 요법

한때 사랑했던 사람, 오랫동안 함께했던 사람을 떠날 때는 자존감에 큰 상처가 생기게 마련입니다. 내면이 불확실하기 때문에 행동도 달라지기 시작합니다. 자신을 믿지 못하고 자신감을 잃게 되지요.

바닥에 누워 눈을 감으십시오. 박하 향기를 느끼면서 숨을 들이쉬는 상상을 하십시오. 온전히 박하 향기에 흠뻑 취한다는 느낌이 들 때까지 그 상태로 있으십시오.

당신을 신뢰한다는 느낌을 주는 사람을 생각하십시오. 한 사람이어도 좋고 여러 사람이어도 좋습니다. 자녀가 있다면 그 아이를 생각해도 좋습니다. 그들에게서 자신이 존중받는다는 느낌이 들었습니까? 그들은 당신에게 무슨 말을 하던가요? 자신이 주목받고 존중받았을 때는 어떤 행동이 나오던가요?

그들이 당신에게 해주는 말을 들어보십시오. 이때 어떤 느낌이 드나요? 그들이 해준 말을 끌어내십시오. 상상 속에서 칠판을 하나 만들고, 떠오르는 말을 황금빛 분필로 쓰십시오.

홀가분한 느낌이 들기 시작하면 예식을 끝냅니다.

예식을 하는 동안 먼저 주의를 지각(상쾌한 향기)에 집중합니다. 그리고 나면 당신을 단련시키는 생각을 펼치기가 훨씬 수월해집니다.

권고

- 자신에 대한 의혹에서 벗어나고 싶은 순간에는 향이 나는 양초나 아로마 향을 맡으십시오. 그런 다음에 숨을 들이쉴 때마다 '나야'라는 말을 생각하십시오. 숨을 내쉴 때는 기꺼이 자기 자신에게 들려주고 싶은 찬사, 예컨대 '나는 강하다' 혹은 '나는 창조적인 인간이다'라는 말을 떠올리십시오.
- 좋은 향기는 마음을 강하게 단련시키고, 우울한 기분을 누그러뜨리는 효과가 있습니다.
- 절친한 친구에게 부탁해 자신의 어떤 점이 특히 마음에 드는지 편지로 알려달라고 하십시오.

감각을 끌어올려 현재에 집중하기

사람은 누구나 늘 현재에 역점을 두기 마련입니다. 관찰력 훈련을 하면 지금 이 순간, 이곳에 집중하는 데 도움이 됩니다.

편안히 앉으십시오. 방에 있는 물건 중에서 보면 마음이 즐거워지는 것이 있습니까? 그 물건의 어떤 점이 좋은가요? 주위를 둘러보십시오. 예전에는 미처 알아차리지 못한 물건이 눈에 띄나요? 왜 여태껏 눈에 띄지 않았는지 주의를 기울여보십시오. 당신이 즐겨 보았던 그 물건의 주변으로 고개를 돌리지 않고도 보이는 것이 있습니까? 전에는 생각지 못했던 면을 더 상세히 느낄 수 있습니까?

지금 귀에 들리는 모든 소리에 주의를 기울여보십시오. 지나가는 차 소리, 지저귀는 새 소리, 똑딱거리는 시계 소리, 사람들의 목소리 따위에 귀를 기울이십시오. 그 가운데 어떤 소리가 가장 듣기 좋습니까? 내면에서 어떤 좋은 느낌이 올라옵니까?

이제 향기의 세계를 만나볼 차례입니다. 지금 당신이 있는 곳에서는 어떤 냄새가 납니까? 그 냄새를 표현하기에 적당한 말이 있을까요? 그 냄새를 좋아합니까?

이번에는 주위에 있는 물건을 만져보십시오. 눈을 떴을 때 이 물건에 대해 어떤 느낌이 듭니까? 눈을 감고 만질 때는요? 당신의 느낌을 표현하기에 적당한 말이 있습니까? 자신의 몸을 만질 때는 어떤 느낌이 듭니까?

이제 내면의 느낌으로 들어갑니다. 몸의 어느 부분에 에너지가 가장 많이 충전되었다고 느껴집니까? 그 부분을 만져보십시오. 당신이 마음대로 할 수 있는 그 에너지를 두 손으로 감지하십시오. 무슨 생각이 떠오릅니까?

처음에 선택했던 물건을 다시 한 번 바라보면서 예식을 마칩니다. 이제 당신이 인지한 것에서 무엇이 달라졌습니까? 전에는 눈치 채지 못했지만 지금 눈에 확 띄는 물건이 더 있습니까?

이 예식을 하면 감각이 활성화됩니다. 비록 잠시이지만, 당신은 더 잘 보고 더 잘 들을 수 있습니다.

이 예식을 하면서 다소 흥분할 수 있습니다. 마치 커피를 마신 것처럼.
암담한 기분이 들 때마다 이 예식을 하십시오. 밖으로 나가 자연 속에서 이 예식을 하는 것도 좋습니다.

치유의 노래 듣기

연인들에게는 노래가 떼려야 뗄 수 없는 매개물입니다. 그/그녀와 사랑에 빠지고 함께 들은 노래가 있습니까? 두 사람의 특별한 추억과 사연이 깃든 노래가 있었나요? 기억해보십시오! 그 사람을 떠올리게 하는 귀에 익은 음악을 들을 때면 옛 감정이 생생하게 되살아날 수도 있습니다.

이제 혼자가 되어 새로운 삶의 단계에 들어선 당신에게는 어떤 음악이 위로가 될까요? 음반 가게이든 음원 사이트이든 편한 곳에서 한결 기분이 좋아지는 곡, 치유의 음악으로 삼을 수 있는 노래가 있는지 찾아보십시오.

음악을 들을 때마다 자신을 향해 크게 혹은 작게 말하고 싶은 문장을 떠올려보십시오. 이를테면 이런 문장이 좋겠지요. "이 음악을 들을 때마다 나는 내면의 에너지와 소통한다." "이 노래를 들을 때마다 나는 한결 가볍고 홀가분한 기분이 든다."

직접 문장을 써보십시오.

목표

음악의 닻을 올리십시오. 다만 그/그녀와는 아무런 상관이 없는 곡을 택해야 합니다.

의식적으로 바른 자세를 취해
에너지 충전하기

우리가 '태도'를 말할 때는 보통 신체적·정신적 상태뿐 아니라 행동까지 포함됩니다. 의식적으로 똑바로 앉을 때 내적 태도도 변합니다.

우선 의자에 앉으십시오. 자신이 방금 취한 태도를 잠시 살펴보십시오. 무엇이 느껴집니까? 허리를 똑바로 펴고 앉았습니까?

혹은 구부정하게 앉았습니까? 다리는 바닥에 가지런히 두었습니까? 아니면 다리를 꼬고 앉아 있나요? 당신의 태도가 감정 상태에 어떤 영향을 미치는 듯합니까? 당신이 취한 태도에는 어떤 감정이 가장 잘 어울릴까요?

이제 허리를 꼿꼿이 펴고 바른 자세로 앉으십시오. 발을 바닥에 대고 딱 달라붙었다고 느끼십시오. 두 손은 긴장을 풀고 허벅지 위에 올려놓으십시오. 당신이 똑바른 자세를 취하는 동안 에너지가 척추로 흘러들어간다는 상상을 하십시오. 이때 척추에 정신을 집중하십시오. 척추는 당신의 상상 속에서 마치 지팡이와도 같습니다. 에너지가 흘러들어가고 솟구쳐 나올 수 있는 지팡이 말입니다. 자신에게 말하십시오. "나는 몸의 에너지 속으로 들어간다."

자신이 좀 더 강해졌다는 느낌이 들면 예식을 마치십시오.

목표

똑바로 앉으면 마음이 침착해지고 안정되며 에너지가 충만해집니다. 의식적으로 바른 자세를 취하면 정신적으로 강인한 상태를 유지할 수 있습니다.

권고

- 하루를 보내면서 자신이 내면의 에너지와 긴밀히 연결되었음을 염두에 두고 몸을 자주자주 움직이십시오. 되도록 바른 자세를 취하십시오.
- 슬프거나 마음이 의기소침해지면 잠시 바른 자세를 취하십시

오. 당신의 일상 자체가 연습장입니다. 자신을 의식하는 반듯한 자세를 몸에 익히십시오.

빨간색 펜으로
부정적인 생각 차단하기

자신을 받아들인다는 것은 강점과 능력뿐 아니라 부족한 점도 온전히 받아들인다는 것을 의미합니다. 이별을 맞으면 자존감이 심하게 상처받는 법이지만, 그렇다고 해도, 아니 그렇기 때문에 다른 어느 때보다 자신이 세상에 둘도 없는 소중한 존재라는 사실을 의식해야 합니다.

자신의 긍정적인 면을 적어도 다섯 가지 이상 적어보십시오. 종이 한 장마다 한 가지 특성을 적는 것입니다. 그리고 냉장고나 책상 등 눈에 잘 띄는 곳에 붙이십시오. 자신에 대해 긍정적 선언이 담긴 종이를 자주 쳐다보는 일은 무척 중요합니다.

여태껏 당신은 옥죄어왔던 틀에서 벗어나야 합니다. 자신을 스스로 하찮게 여기는 생각들을 관찰해보십시오. 그 부정적인 생각들에 빨간색 펜으로 X표를 긋는 상상을 하십시오. 멈춤 표지판도 그리십시오. 에너지를 갉아먹는 생각이 들면 "아니야"라고 분명히 말하고 곧바로 멈춤 표지판을 떠올리십시오.

자신을 비하하는 생각에서 벗어나고, 꿋꿋하게 일상을 살아가는 모습을 상상합니다.

이 예식은 조금 바꿔볼 수도 있습니다. 날마다 이루고 싶은 목표를 적어보십시오. 사소한 일에도 만족하는 습관을 기르는 것입니다. 자신에게 비현실적이고 무리한 요구를 하는 것보다는 이렇게 작은 일에서 성취감을 느낄수록 하루하루 더 나아지고 있다는 느낌이 들 겁니다.

치유의 돌로 감정 다스리기

어떤 이들은 돌이 행운을 가져온다고 믿으며 수중에 지니고 다니기도 합니다. 그 돌에 다양한 치유 효과가 들어 있다고 믿기도 합니다. 예를 들어, 안정과 인내를 상징하는 사금석을 가지고 있으면 마음의 평정을 찾을 수 있다고 합니다. 당신도 한번 돌의 위력을 활용해보십시오.

가까운 교외의 돌이 많이 있는 곳을 찾아가십시오. 아마도 시냇가가 가장 적당하겠지요. 돌을 다섯 개쯤 모으십시오. 동서남북 방향에서 하나씩 고르고, 나머지 하나는 가운데에서 고르십오. 모은 돌을 집으로 가지고 오십시오.

당신에게 힘과 굳건함을 상징하는 가장 좋은 돌을 한가운데 놓습니다. 다른 돌은 중앙에 있는 돌 주위에 동그랗게 배치하십시오. 중심에 놓인 돌이 당신에게 필요한 '힘'의 돌입니다. 나머지 돌들에도 당신이 원하는 이름을 붙이십시오.

남쪽에 놓여 있는 돌을 바라보십시오. 그 돌의 이름은 무엇인가요? '내려놓기'의 돌입니까? '위로'의 돌입니까? 혹은 '개방'의 돌입니까? '신뢰'의 돌입니까? 아니면 '자기 보호'의 돌입니까? 혹은 '새로운 꿈'의 돌입니까? 그렇게 돌 하나하나에 이름을 붙이십시오.

'힘'의 돌을 손에 쥐십시오. 눈을 감고 두 손으로 돌을 감싸면서, 돌을 통해 힘을 받을 수 있다고 상상하십시오. 어떤 느낌이 듭니까?

바로 이어서 나머지 돌들도 활용할 수 있습니다. 물론 다른 기회에 찬찬히 해나가도 좋습니다. 이번에는 '슬픔'의 돌을 손에 쥐십시오. 당신의 슬픔이 그 돌 속으로 흘러 들어간다고 상상하십시오. 당신이 그때그때 손에 쥔 돌로 다양한 감정을 다스릴 수 있습니다.

목표

'돌' 예식은 마치 서약처럼 작용합니다. 힘을 비축하고 새로운 생각을 떠올리면서 분노와 고통, 슬픔을 내려놓는 데 큰 도움이 됩니다.

주머니에 돌을 넣고 다니십시오. 그 돌을 가지고 어디에서나 예식에 들어가면 됩니다. 무겁게 짓눌리는 감정과 생각을 돌 속으로 흘려보낼 때 어떤 느낌이 듭니까? 자신에 대한 믿음과 용기가 필요한 순간 돌을 쥐면 어떤 느낌이 드나요? 돌을 꽉 쥐고 손가락에 힘을 주면 예민한 신경이 누그러지나요? 매번 느낌이 전혀 다를 겁니다. 그때그때 올라오는 감정을 받아들이십시오.

그/그녀를 만나기 전의
행복했던 기억 떠올리기

살다 보면 삶의 기쁨을 맛보고 자신감이 넘쳤던 때가 있게 마련입니다. 떠나간 이와는 전혀 상관없는 추억을 떠올려보십시오.

이제 그 추억에 몰입합니다. 그 추억의 내용을 하나하나 그려보는 것입니다. 당신은 어디에 있었나요? 곁에는 누가 있었나요? 그때 당신은 무엇을 했습니까? 혹은 무슨 말을 했습니까? 그 상황에서 당신은 어떤 재능과 능력을 펼칠 수 있었나요?

당신의 마음속에서 에너지가 힘차게 솟아올랐던 그때, 다른 사람들은 당신의 표정과 태도, 말투에서 그것을 알아차릴 수 있었습니까?

그 과거를 현재로 가져오십시오! 마치 지금 이 순간 그 일이 일어나듯이 묘사해보는 것입니다. 자신에게 큰 소리로 말하십시오. "내 주변에서 ……이 일어나고 있어. 나는 ……해."

이에 관해 떠오르는 생각을 모두 말하십시오. 지금은 기분이 어떻습니까? 당신은 무엇을 생각했습니까? 잊은 지 이미 오래된 추억이 과연 중요할까요?

목표

행복했던 시절을 떠올리면 기분이 밝아질 뿐 아니라 현재와 미래를 더 낙관적으로 바라볼 수 있습니다.

권고

최근에 찍은 사진 가운데 마음에 드는 것을 고르십시오. 사진을 들여다보며 당신에게 호의를 품은 어떤 사람이 당신 자신과 당신의 능력, 외모에 대해 칭찬을 아끼지 않는다고 상상하십시오.

상상 연습

떡갈나무가 되어 뿌리내리기

나무에는 사람을 치유하는 효과가 있습니다. 떡갈나무를 신령하게 여긴 문화권도 많았습니다. 옛 게르만족은 떡갈나무를 활력을 주는 나무로 여겼습니다. 이런 나무는 에너지와 권력, 인내를 상징합니다. 고대 사회에서는 떡갈나무 밑에서 재판을 열기도 했지요.

오랜 세월을 살아온 늠름한 떡갈나무를 그려보십시오. 수령이 천년이 넘는 그 떡갈나무는 웅장하고 생기가 넘치며, 위풍당당하게 떡 버티고 서 있습니다. 줄기는 곧게 뻗었고 뿌리는 땅속 깊이 내려가 있습니다. 껍질에서는 강한 냄새가 나네요.

떡갈나무 아래에는 작은 벤치가 놓여 있습니다. 지금 그 벤치 위에 앉아 있다고 상상하십시오. 육중한 가지를 산들거리며 흔드는 바람 소리에 귀를 기울여보십시오. 주변 경치도 바라보십시오.

이제 당신이 나무라고 상상하십시오. 줄기 속으로 미끄러져 들어가 뿌리와 접촉하십시오. 땅속에서 흘러나오는 에너지를 충전하십시오. 뿌리 하나하나를 유심히 바라보십시오. 그 뿌리는 얼마나 깊이 뻗었나요? 무슨 색입니까? 상상 속에서 그 뿌리 하나하나에, 혹은 뿌리 전체에 녹아드십시오. 발바닥에서 뿌리가 자라나는 장면을 그려보십시오. 당신이 정착하고 깊이 뿌리 내린 모습을 그려보십시오. 어떤 폭풍우가 닥쳐도 끄떡없는 모습을!

이제 나무가 지닌 신성이 당신에게 유익한 메시지를 들려준다고 상상하십시오. 가장 먼저 드는 생각이 무엇인가요? '새로운 길' 일기장에 그 메시지를 적으십시오.

이 예식을 하면서 스트레스를 받지 않도록 주의하십시오.

- 나무에 손을 댈 때 어떤 느낌이 드나요? 나무를 만질 때 강력한 에너지가 몸 안으로 흘러 들어온다고 상상하십시오. 눈을 감고 감정과 지각에 몰입하십시오.
- 스트레스를 받을 때마다 자신의 뿌리에 집중하십시오.
- 오래된 게르만 문헌에 나오는 문장 하나를 소개합니다. "영웅 떡갈나무여, 그대에게 부탁하노니 내게 힘을 다오! 나, 이제 그대의 족보에 올랐도다!" 나무에 다시 한 번 기대며 당신의 생각과 감정이 자유롭게 흘러가게 하십시오.

영혼을 정화하는 보물상자 상상하기

자연 속에 머무는 것은 단조로운 일상에 강렬한 체험입니다. 누구에게나 그곳에 머무는 것만으로도 긴장이 풀리고 상쾌한 기분이 드는 특별한 장소가 있는 법입니다. 그런 곳이 생각납니까? 이제 상상 속에서 그 장소로 다시 가보십시오.

눈을 감으십시오. 손에 삽을 들고 자신에게 낯익은 곳의 어딘가를 우묵하게 파는 장면을 그려보십시오. 모든 감각을 집중해야 합니다.

손에 쥔 삽자루의 촉감을 생생하게 느껴보십시오. 삽날이 땅에 부딪힐 때 나는 소리를 들어보십시오. 흙냄새도 맡아보십시오. 주변을 둘러싼 색깔들을 살펴보십시오. 땅을 깊이 파고 내려가는 일이 아주 쉽다고 여기십시오.

그런데 별안간 큰 소리가 들립니다. 어떤 딱딱한 물체가 삽에 부딪힌 것입니다. 앗! 당신이 땅속에서 끌어올린 물건은 금속상자입니다. 상자를 열어 보니 당신의 영혼을 정화시켜줄 뭔가가 들어 있습니다. 이 순간 맨 처음 떠오른 상상을 받아들이십시오. 그것은 과거의 기분 좋은 추억일 수도 있고, 어쩌면 갑작스레 떠오른 유익한 생각일지도 모릅니다.

눈을 뜨고, 이 상상을 천천히 음미하십시오. 그리고 그 속에 담긴 메시지를 일상에서 어떻게 활용할 수 있을지 숙고해보십시오.

목표
예식을 하면서 자신이 책임을 떠맡아야겠다는 결심이 설 것입니다. 내면을 바라볼 때 창조적인 생각이 떠오를 수 있습니다.

권고
잠들기 전에 손에 보물상자를 들고 있는 모습을 그려보십시오. 상자 안에는 당신의 자아를 단련시키는 상상, 당신에게 가치 있고 중요해 보이는 상상이 가득 들어 있습니다.

봄날의 꽃 상상하기

화창한 봄날 아름다운 꽃이 만발한 초원을 그려보십시오. 잔디는 파릇파릇하고 하늘은 푸릅니다.

이 초원 어딘가에 당신이 서 있다고 상상하십시오. 마음에 드는 꽃이 있습니까? 그 꽃은 얼마나 큰가요? 무슨 색입니까?

꽃을 한 송이 혹은 여러 송이 고르십시오. 마치 그 꽃을 실제로 바라보듯이, 마음속으로 생생하게 그려보십시오.

자신이 화가라고 상상해보십시오. 방금 머릿속에 떠올린 초원과 꽃을 그리려면 무슨 색이 필요할까요? 그림을 그리면서 어떤 느낌이 들까요? 그림을 더 생생하게 그리려면 무엇을 더 보완해야 할까요?

마음에 드는 색을 정했습니까? 숨을 들이쉬고 내쉴 때마다 그 색을 자신 안에 받아들인다고 상상하십시오. 길게 심호흡을 하면서 당신의 마음은 어느덧 그 색으로 채워집니다.

목표

봄의 초원을 상상하면 내면에서 즐거웠던 추억이 되살아나고, 숨에 '색'을 입혀 들이쉴 때는 신경 시스템도 이완됩니다.

권고

예식을 짧게 하십시오. 자신이 약해지는 느낌이 들면 숨에 '색'을 입혀 들이쉬는 연습을 하십시오. 어떤 색이 마음에 드는지 정확히 감지하십시오.

상상 속의 진흙 놀이

햇살이 비치는 푸른 강가에 서 있는 장면을 그려보십시오. 주변에는 진흙이 가득합니다. 이제 보드라운 진흙을 찾아냅니다.

예전에 손에 진흙을 들고 있었던 때를 떠올려보십시오. 어땠나요? 그 부드러운 진흙 덩이가 생각납니까?

그 기억에 숨을 불어넣으십시오! 그때의 경험을 현재로 끌어올리십시오. 진흙을 만질 때 어떤 느낌이 드나요? 손에 진흙 반죽을 들고 있는 모습이 지금은 어떻게 느껴집니까? 상상 속에서 진흙 놀이를 하십시오. 원한다면 진흙으로 치료사 인형을 작게 만들어보는 것도 좋습니다.

상상 속에서 온몸에 진흙을 바르십시오. 피부에 닿는 감촉이 어떤가요? 당신의 몸에 쌓인 긴장을 진흙이 모조리 빼내어 간다고 상상하십시오. 자신의 몸을 의식하십시오. 이렇게 상상할 때 몸의 어느 부분이 가장 쾌적하게 느껴집니까? 얼굴도 진흙으로 문지르십시오. 안면 근육이 풀리고 피부도 매끄러워집니다. 목과 어깨에도 진흙을 바르는 모습을 그려보십시오. 단단하게 뭉친 어깨 근육이 상상력을 통해 어떻게 풀리는지 느껴보십시오.

온몸을 진흙으로 감싸십시오. 그리고 잠시 그대로 있습니다. 약간 둔하지만 쾌적한 느낌이 들 것입니다. 혹은 가볍거나 간지러운 느낌이 들지도 모르겠습니다.

따뜻한 물로 진흙을 깨끗이 씻어내십시오. 상상 연습을 마치면서 자신에게 말하십시오. "나는 상쾌하고 자유롭다. 긴장도 풀렸다."

효용

긴장을 풀어야 할 때는 이 예식이 매우 효과적입니다. 내면의 영상을 통해 몸과 마음의 긴장을 풀 수 있습니다.

권고

진흙을 준비하십시오. 치료사 인형도 조그만 크기로 만들어보면 예식의 효과가 현저히 높아집니다.

부정적인 문장을 지우고 긍정적인 문장 쓰기

지난날 그/그녀의 비난과 폭언에 시달렸던 상황을 그려보십시오. 되도록 구체적인 문장이나 낱말을 떠올려봅니다. 당신이 특히 심하게 상처 받은 말을 찾아내십시오.

눈을 감고 천천히 숨을 들이쉬고 내쉬기를 세 번 반복하십시오. 당신을 짓누르는 말이나 상처를 준 단어를 빨간색 분필로 칠판에 쓰는 장면을 상상하십시오. 그 말이나 단어를 떠올리는 동안 밀려오는 감정에 주목하십시오. 당신은 분노가 타오를 것입니다. 어쩌면 슬픔이 당신을 압도할지도 모릅니다. 자신이 이해받지 못했다고 여겨지니까요.

지우개를 들고 부정적인 메시지를 지우십시오. 이제 마음에 드는 긍정적인 문장을 칠판에 쓰십시오. 최근에 누군가에게 들었던 칭찬이 떠오를 겁니다. 이제 기분이 어떻습니까? 어떤 몸짓을 취하고 있나요?

그 긍정적인 문장을 외우듯이 마음에 새기십시오. 눈을 뜨고 그 문장을 큰 소리로 읽으십시오.

목표
예식을 하면서 상상 속에서 자신의 상처를 받아들이되, 긍정적인 생각을 합니다.

권고
좋은 문구를 메모 카드에 적어 주머니에 넣고 다니십시오. 그 문장을 자주 읽으며 긍정적인 메시지를 잠재의식에 심으십시오.

Chapter 14

"달을 목표로 삼으십시오. 설령 달을 놓치더라도

어느 별에는 분명 착륙할 것입니다."

꿈을
현실로 만드는 예식

우리는 살아가면서 쏟아져 들어오는 정보를 그때그때 받아들이고 평가하며 자기에게 맞는 형태로 걸러냅니다. 그리고 일이 발생할 때마다 일정한 틀을 만듭니다. 그러면 경험을 분석하는 일이 쉬워집니다. 그렇게 우리는 지금까지 쌓아온 경험과 기억을 바탕으로 현재 일어난 일을 분석하고 평가하며 소화합니다. 그런 가운데 어떻게 반응하면 좋을지 가능성을 발전시킬 수 있습니다. 이 과정에서는 감정과 생각도 어느 정도 중요한 역할을 합니다.

우리에게는 각자만의 고유한 인지 방식이 있습니다. 같은 문장이라도 사람에 따라 전혀 다른 의미로 받아들일 수 있습니다. 그/그녀의 잘못된 행동 방식이 생각날 때마다 숨소리와 심장박동, 혈압이 달라지고 아드레날린이 분비되면서 흥분하기도 합니다. 떠난 이를 보았거나 소식을 듣게 되면 몸과 마음이 모두 팽팽하게 긴장될 수 있습니다. 아직도 짓눌린 생각에 매여 있는 것이지요. 더불어 긍정적이고 미래지향적인 일을 시도하는 건 매우 드물어집니다. 당신이 이별이나 이혼을 어떻게 생각하느냐는 몸과 마음에 커다란 영향을 미칠 수 있습니다. 이 장에서 소개할 예식들이 당신에게 다음과 같이 힘을 불어넣어줄 것입니다.

- 좁은 시야에서 내렸던 평가를 다시 점검하고 수정한다.
- 바로 지금 이곳으로 주의를 집중하겠다는 마음을 먹는다.
- 생각과 활동의 방향을 미래로 되돌린다.

당신의 미래를 결정하는 사람은 바로 당신 자신입니다. 그러니 자기 자신과 미래에 대해 긍정적인 전망을 지녀야겠지요.

인지 및 행동

관계 네트워크에 지원 요청하기

배움이란 순간순간 움직이는 것이다.
― 지두 크리슈나무르티

심리학자들의 연구에 따르면, 우리 주변을 둘러싼 관계 네트워크(부모, 친구, 이웃, 직장 동료 등)와 적극적인 자세로 소통할 때 무겁게 짓눌리는 마음을 이겨낼 수 있다고 합니다.

이번 예식을 하면서 당신은 에너지를 충전하고 다른 사람들의 지원을 받기 위해 자신이 구축한 관계 네트워크를 활용하는 방법을 배우게 될 겁니다.

당신의 관계 네트워크에 몇 사람이나 들어올지 적으십시오. 도움받을 만한 사람들을 0부터 10단계까지 분류하십시오(0=그다지 관계가 없음, 10=밀접한 관계가 있음). 당신이 꼽은 사람들이 다양한 방법으로 당신을 지원해줄 수 있습니다.

정보 지원

자녀 양육권, 위자료 청구 등 이별과 이혼에 따르는 다양한 문제에 대해 중요한 정보를 얻습니다.

정신적 지원

이야기를 나누며, 당면한 상황에 대해 새로운 시각을 지닐 수 있도록 도와줄 사람이 분명 주위에 있을 겁니다.

정서적 지원

주위를 둘러보면 당신의 문제에 공감하고 기꺼이 이야기를 들어줄 사람이 있습니다. 그 사람이 속내를 털어놓는 당신에게 공감하며 따뜻하게 받아줄 때, 당신은 이해받고 인정받는다는 느낌을 받을 수 있습니다.

물질적 지원

경제적으로 어려울 때, 주변을 둘러보면 당신이 달라진 상황을 잘 딛고 일어설 수 있도록 도와줄 이가 있습니다.

영적 지원

'영성'이라는 말에는 많은 의미가 담겨 있습니다. 초월적인 영역과 교류하는 사람들은 영적인 삶을 삽니다. 이런 사람들에게는 종교적 표상이나 내적 태도가 중요합니다. 여기서 말하는 내적 태도에는 무형의 실체(천사나 영적 존재처럼 보이지 않는 힘)와 소통한다는 의미가 들어 있습니다. 당신의 주위에도 마음을 기댈 수 있는 천사 역할을 할 만한 사람이 있습니까? 당신을 위해 기도해주거나 함께 명상하며 좋은 에너지를 충전해주는 사람이 있습니까? 영적 지원은 큰 위로가 됩니다. 영혼과 교류하며 어떤 커다란 힘과 결속되어 있음을 느낄 수 있기 때문입니다.

이처럼 구체적인 문제에 직면했을 때 친구나 지인 가운데 즉시 떠오르는 인물이 있습니까? 누가, 언제, 무엇을 해주었나요? 다른 사람들에게서 받은 지원을 생생하게 떠올려보십시오.

자신의 삶을 새로이 꾸려나갈 때 도움이 필요한 상황을 생각해보십시오. 어떤 상황에서 어떤 도움이 필요한지, 누가 도와줄 수 있는지 적어보십시오. 당신은 어떤 도움을 받고 싶습니까? 그 소망도 쉽게 표현할 수 있습니까? 정확히 어느 시점에 그 도움을 받으면 좋을까요?

그리고 그러한 도움이 과연 실현 가능성이 있는지 검토해보십시오. 당신이 도움을 청할 사람에게 말하십시오. 자신이 처한 상황을 구체적으로 표현하고 필요한 도움을 구하십시오.

가까이 있는 사람들에게 부탁하기란 그리 쉬운 일이 아닙니다. 거울 앞에서 여러 차례 연습하며 설득력 있게 표현하는 연습을 해보십시오.

목표

가까운 사람들에게 도움을 청하고 받아들이는 법을 배웁니다. 자신의 소망과 계획을 표현하는 가운데 새로운 가능성과 교류할 수 있습니다.

권고

- 다른 사람들에게서 정서적 지원을 받을 수 있는 방법은 많습니다. 슬플 때면 친구를 초대해 요리를 하고 슬픔을 함께 나누십시오.
- 친구에게 작은 이야기나 아름다운 시를 읽어달라고 부탁해보십시오.
- 당신에게 꽃을 선물하십시오. 자신을 위한 꽃다발도 엮어보십시오.

미래지향적인 표현 방식

다른 사람들에게 떠나간 이와 함께 보낸 시절을 이야기할 때 당신은 어떤 식으로 표현하나요? 그 표현을 보면 떠난 이에 대한 당신의 마음이 잘 드러납니다. 5년쯤 세월이 흐른 뒤에는 그/그녀와 헤어진 직후와는 분명 다른 말로 표현할 겁니다. 과거형으로 이야기하면 좀 더 현실적으로 표현하겠지요.

다른 사람들에게 그/그녀에 관해 어떤 식으로 말하는지 관찰해보십시오. 마치 어제 일어난 일처럼 자주 이야기한다면, 자신이 여전히 상황의 희생양이라고 여길 것입니다. 그렇게 하면 자신의 삶과 이별 후의 결과를 스스로 통제하지 못한다는 인상을 본인에게는 물론이고 다른 사람들에게도 심어주는 셈입니다. 그러나 과거에 대한 무력감만을 키우는 이런 표현과는 달리 미래지향적인 말은 당신이 이별이나 이혼을 온전히 받아들였음을 보여줍니다.

다음의 표에는 이별을 더욱 힘들게 하는 말, 수월하게 하는 말이 제시되어 있습니다.

무력감을 낳는 표현 방식 (=과거지향적)	행동 능력을 활성화하는 표현 방식 (=미래지향적)
'왜' 물음	**시인**
왜 헤어지게 되었는지, 그리고 달리 방법은 없었는지를 끊임없이 자문합니다.	헤어진 사실을 인정하고, 이별의 원인을 규명한다고 해도 고통이 줄어들지는 않는다는 것을 받아들입니다.
이상적인 설명	**현실적인 설명**
관계의 실패에 대해 변명만 할 뿐 부정적인 상황은 바라보지 않습니다.	관계가 어떻게 진행되었는지 설명하고 힘들었던 점을 고백합니다.
상대방을 비난하는 말	**자신과 화해하는 말**
다른 사람들에게 떠난 이의 약점과 잘못된 행동에 대해서만 말할 뿐, 자기 자신과는 소통하지 않습니다.	현재 드는 감정에 대해 다른 사람들에게 '나-전달법'으로 이야기합니다. 자신에게 더 이상 아무런 영향을 주지 않는 지난날에 대해서는 말하지 않습니다.
무기력한 표현	**적극적인 행동 표현**
다음과 같은 말을 자주 합니다. "그/그녀가 없이는 나는 아무것도 못해", "그/그녀 또는 내가 ……을 했더라면", "나 혼자서는 ……을 할 수 없어. 왜냐하면……", "나는 결코 ……을 못할 거야" 등등	배우려는 자세를 취합니다. 그 사람이 지금까지 당신에게서 앗아간 일을 당당히 해낼 수 있습니다. 새로운 일에 도전할 수 있고, 필요하다면 다른 사람들에게 도움을 청할 수도 있습니다. 당신은 이렇게 말합니다. "내가 해결책을 찾을 거야", "나는 ……을 배울 수 있어" 등등

목표

의식적으로 과거에 대한 말보다 지금, 이곳과 관련된 말만 할 때 새로운 시작이 수월해집니다.

"앞으로 내 생활수준은 결코 더 나아지지 않을 거야." 이렇게 부정적인 말을 쉽게 하는 편은 아닌지 자신을 되돌아보십시오. 그런 표현을 계속 하면 결국 자신이 말하는 대로 삶을 살게 될 뿐입니다.

옛날이야기 하듯 지난 추억을 이야기하기

이번 예식은 앞에서 소개한 예식을 응용하고 확장한 것입니다. 집에 혼자 있거나 숲에서 산책을 할 때, 혹은 운전 중에도 이 예식을 할 수 있습니다.

지난 연애 이야기, 결혼 이야기를 자신에게 들려주십시오. 그 일이 마치 10년 전에 일어난 것처럼 말하는 것입니다. 그러면서 아름다웠던 추억과 괴로웠던 추억을 모두 떠올리십시오. 그리고 자신에게 큰 소리로 말하십시오. '나의 이야기'를 다음과 같이 시작하십시오. "옛날에 한 커플이 있었지. 그런데 두 사람은 10년 전에 헤어졌어. 왜냐하면……."

이때는 과거형으로 이야기하는 것이 중요합니다. 이미 깨져버린 옛 관계에 어느 정도 객관적인 거리를 두는 데 성공했다는 생각이 들면 이야기를 마치십시오.

이제 주의를 현재로 되돌립니다. 지금 무엇이 보이나요? 어떤 냄새가 나고 어떤 소리가 들리나요? 오감을 모두 동원하십시오. 주위를 둘러싼 것들을 하나하나 빠뜨리지 않고 바라보면서 '현재'를 느껴보십시오. 원한다면 다시 한 번 크게 혼잣말을 할 수도 있습니다.

힘겨웠던 지난날에 대해 털어놓을 때 새로운 마음으로 미래를 바라보는 일이 점점 더 수월해질 수 있습니다.

이별과 이혼은 이미 오래전에 지나간 일이라고 생각하고 일상을 보내십시오. 마치 이별에 뒤따른 생활의 변화를 이미 오래전에 극복했다는 듯이. 그래야 비로소 냉정을 유지하고 미래를 위한 실질적인 계획을 세우고 행동에 옮길 수 있습니다.

이별을 가로막고 있는 확신 되돌아보기

우리가 철석같이 믿고 있는 확신이 떠난 이를 마음속에서 내려놓고 이별을 받아들이는 일을 가로막을 때가 있습니다. 몇 가지 예를 들어보겠습니다.

"사람은 누구나 관계에서 최선을 다해야 해요.""누구와도 관계를 맺지 못하느니 차라리 나쁜 관계라도 지속하는 편이 훨씬 낫지요.""아이들에게는 부모가 절대적으로 필요해요. 그러니 참을 수밖에요."

자신의 삶을 부정적인 방향으로 이끌 만한 개인적 확신을 적어도 다섯 가지 이상 생각해보십시오. 그 가운데 하나를 골라 이번 예식에 들어가겠습니다. 적당한 간격을 두고 의자 두 개를 마주보게 놓으십시오.

맞은편 의자에 당신과 의견이 전혀 다른 사람이 앉아 있다고 상상하십시오. 그 사람은 당신이 지금까지 믿어왔던 생각과는 정반대 의견을 어떤 말로 반박합니까?

이제 당신이 맞은편 의자에 앉으십시오. 자신이 지금껏 믿어왔던 생각과는 정반대인 의견을 내세울 때 어떤 기분이 드나요? 당신의 행동이 달라질까요? 그렇다면 삶에서 무엇이 달라질까요? 당신이 여태껏 품어온 신념과는 정반대의 신념을 고집할 때 누구에게 득이 될까요? 손해를 입을 사람은 누구일까요?

다시 첫 번째 의자에 앉으십시오. 지금까지 간직했던 그 신념이 정확히 삶의 어느 시점에 생겼는지 되돌아보십시오. 아버지 혹은 어머니에게서 물려받은 생각인가요?

그 생각을 계속 고수해서 당신에게 돌아올 이익이 무엇인지 숙고해보십시오. 그래서 얻은 답을 '새로운 길' 일기장에 적으십시오.

당신이 확신하며 철저히 믿었던 생각들을 되돌아보고, 비판적인 거리를 둡니다.

이별을 가로막고 있는 당신의 그 확신에 대해 친구들과 진지하게 대화를 나눠보십시오.

혼자서는 해결하지 못했던 상황에 과감히 도전하기

당신의 삶에 대한 책임은 바로 당신 자신에게 있습니다. 이 책임은 그 누구에게도 떠넘길 수가 없습니다. 이번 예식을 하면서, 자신의 삶을 책임진다는 것이 과연 무엇인지 되돌아보는 계기로 삼기 바랍니다.

종이와 펜을 준비합니다. 당신이 아직 혼자서는 못하고 다른 사람에게 떠넘길 마음이 드는 항목들을 적어보십시오. 어떤 상황일 때 남들의 결정에 따르고 싶습니까?

혼자서는 해결하지 못하는 상황에 과감히 도전하기 위해서는 어떤 능력과 특성이 필요한지 숙고하십시오. 당신이 열거한 능력을 개발하려면 무엇을 해야 하겠습니까? 무력하게 대처해온 상황을 극복하기 위해 어디에서 혹은 누구에게서 배울 수 있을까요?

자, 이제 행동 계획을 세울 때입니다. 무기력증을 딛고 행동 에너지를 뿜어 올리기 위해 가장 먼저 할 수 있는 일은 무엇일까요? 최선의 방법을 실행하겠다고 결심하십시오. 그 방법을 언제 시작할지 시기도 분명히 정하십시오.

목표

자기 인생의 책임을 떠맡는다는 것은 도전에 응하기 위해 상응하는 말과 행동을 찾는다는 뜻입니다.

권고

- 힘겨운 상황과 직면할 때마다 해결책을 구하는 내적 태도를 기르십시오. 배우고 성장할 준비를 하면 어떤 도전에도 대응할 수 있습니다.
- 자신이 찾아낸 해결책을 실제로 행할 수 있을지 잘 모를 때는 마음속으로 가능한 선택을 하고 거기에 몰두하십시오.

환상의 싱글 꿈꾸기

당신이 부정적인 자아상이나 미래상 위에서 표류할 때마다 연습 1과 2를 활용할 수 있습니다.

연습 1

자신을 격려하는 말을 생각해내십시오. 문장을 쓸 때 다음 안내에 따르십시오.

우선 당신이 작업하고 싶은 단어를 고르십시오. 식물이나 나무 같은 생명체를 택할 수도 있고, 동화에 나오는 인물 혹은 전혀다른 대상을 골라도 좋습니다.

모든 문장을 "나는 ……이다"로 시작하십시오. 상상력을 발휘해 창조적인 생각을 쓰는 것입니다. 쓴 문장을 평가하려는 것이아닙니다. 마치 놀이를 하듯 형체를 그리십시오. 몇 가지 보기를 들겠습니다.

"나는 뿌리가 굵은 나무다."
"나는 좋은 향기가 나는 예쁜 꽃이다."
"나는 무엇이든 받아들이는 물이다."
"나는 멋진 산속에 새로 지어진 집이다."
"나는 자유롭게 훨훨 날아다닐 수 있는 나비다."

연습 2

손에 거울을 쥐십시오. 거울을 바라보기 전에 자기 자신과 만난다고 상상하십시오. 단, 희망 가득한 눈으로 미래를 바라보는사람으로서 자신과 만나는 것입니다. 그러면서 장차 당신이 기뻐할 만한 사건을 생각하십시오. 이제 눈을 크게 뜨고 자신을 주시하십시오. 그리고 자문하십시오. "앞으로 나는 무엇을 할까?"

떠오르는 답을 적으십시오. 어쩌면 전혀 예상치 못한 답이 나올지도 모릅니다. 마흔네 살 된 중년 여성 아만다의 예를 소개합니다.

앞으로 나는 매너 좋은 사람들을 알게 될 거야.

앞으로 나는 오토바이 면허증을 딸 거야.

앞으로 나는 마음에 드는 사람과 함께 비눗방울을 불어볼 거야.

즉시 연상되는 일을 자신에게 허용할 때 이 연습을 수월하게 진행할 수 있습니다.

목표

이제 혼자가 되어 당면한 도전에 놀이하듯 다가갑니다.

권고

그/그녀를 알기 전의 시절을 떠올려보십시오. 그때 당신이 특별히 흥미롭게 한 일은 무엇이었나요? 그 일을 다시 한 번 해보십시오!

그림과 음악에서 새로운 삶의 에너지 끌어내기

종이와 크레파스를 준비합니다. 최근에 즐겨 듣는 음악도 준비합니다. 음악을 들으며 그림을 그리는 것이 당신이 지금 할 일입니다. 형태와 색깔, 인물은 어떻게 할지 혹은 그 밖에 다른 것도 그릴지 정하십시오. 오늘 특별히 마음에 드는 색을 골라 윤곽을 그릴 수도 있습니다. 미래와 연관된 주제를 고르십시오. 이를테면 "나는 새로운 길을 걸어간다", "새로운 인생은 찬란히 빛날 거야", "새로운 문이 열릴 거야" 등을 생각해볼 수 있습니다. 선율에 자신을 띄우십시오. 당신은 '지금, 여기'로 침잠해야 합니다. 다른 생각은 잠시 밀어놓으십시오. 음악을 성격 좋은 연인으로 여기십시오. 당신은 이 멋진 파트너와 함께 이야기를 하며 긴장을 풀고, 좋은 기분으로 하루를 보낼 수 있습니다.

목표

자신의 사고 세계에서 빠져나와 새로운 체험을 할 준비를 합니다. 이때 음악이 당신을 위로해주는 친구가 될 수 있습니다. 당신은 아직은 모든 것이 불확실한 새로운 인생을 살아갈 용기를 냅니다. 색채, 형태와 놀이하며 주위의 과도한 요구에서 벗어날 수 있습니다.

- 미래를 보는 눈을 긍정적으로 만드는 음악을 활용하십시오. 기분이 즐거워지고 희망이 샘솟는 멜로디를 고르십시오.
- 당신을 긍정적으로 만드는 음악만을 골라 음악도서관을 만들어봅니다.

상상 연습

이루고 싶은 목표 구체화하기

달을 목표로 삼으십시오. 설령 달을 놓치더라도
어느 별에는 분명히 착륙할 것입니다.
— 리 브라운

당신이 미래에 이루고 싶은 목표를 종이에 쓰고 실제로 달성할 수 있도록 실천 가능한 행동을 표현하십시오. 되도록 구체적으로 표현하십시오. 예를 들어, "나는 …… 상황에서 …… 결과를 달성하고 싶다. 그 목표를 이루기 위해 나는 ……한다. ……가 될 것이다"라는 식으로 적는 것입니다.

자신의 목표가 다이아몬드 같은 보석이 된다고 상상해보십시오. 상상 속에서 보석을 손으로 만져보십시오.

어떤 느낌이 드나요? 따뜻한 느낌? 혹은 차가운 느낌? 이때의 느낌을 표현하기에 적절한 낱말을 찾으십시오. 그러면 서서히 긴장이 풀리기 시작한다는 사실을 눈치챌 수 있습니다.

숨이 배를 거쳐 골반, 다리를 지나 발바닥까지 흘러가게 하십시오. 온몸이 이완되며 가라앉는다고 상상하며 심호흡을 하십시오.

잠시 후 하품을 하거나 기지개를 켜면서 예식을 끝냅니다.

목표와 놀이하듯 소통할 때 몸의 긴장이 풀리고 긍정적인 기대를 품을 수 있습니다.

오늘은 시간이 부족했다고 자주 생각하십시오. 눈을 감고 '신뢰'의 돌과 소통하십시오. 이때 자신이 목표로 삼은 행동도 의식하십시오.

간절히 꿈꾸던 능력을 갖춘
미래의 모습 상상하기

이달 혹은 다음 달에 당신이 실현하고 싶은 계획을 떠올리십시오. 그 목표를 달성하려면 어떤 자질과 특성, 능력, 기술이 필요할까요? 편한 자세로 긴장을 풀고 눈을 감으십시오.

양쪽으로 문이 많은 복도에 서 있다고 상상하십시오. 문 하나가 특별히 마음을 끄는군요. 그 문에는 현판도 달려 있습니다. 자세히 읽어 보니 자질, 특성, 능력, 기술이라고 적혀 있네요. 모두 당신이 바라는 사항들이군요. 문을 열고 안으로 들어가십시오.

당신이 들어선 공간에는 커다란 휘장이 쳐 있습니다. 여기서 당신은 영화 한 편을 감상합니다. 당신이 간절히 바라던 능력을 이미 갖춘 자신의 모습을 영화에서 볼 수 있습니다. 마치 당신의 소원이 이미 이루어진 듯합니다. 당신은 자신이 예전에 세운 목표를 이루기 위해 요구에 부응하여 행동하는 모습을 상상 속에서 봅니다.

당신이 원했던 특성과 자질, 능력, 기술을 실제 행동으로 옮겼을 때 태도와 말과 몸짓이 어떤 방식으로 드러납니까?

방에서 나가기 전에 다시 한 번 휘장을 바라보십시오. 거기에는 당신에게 중요한 메시지가 큰 글씨로 쓰여 있습니다. 당신이 받은 메시지는 무엇인가요? 어떤 느낌이 듭니까?

떠오르는 생각을 '새로운 길' 일기장에 적으십시오.

목표

예식에는 시험적인 행동 효과가 있습니다. 앞으로 특정한 상황에 처했을 때 당신이 발휘하고 싶은 능력을 그리며 유익한 통찰을 얻습니다.

유익한 메시지를 보내달라고 내면의 목소리에 청한다면 무슨 일
이 일어날까요? 당신이 '내면의 지혜'를 신뢰했고, 그 직관이 맞은
것으로 드러났던 상황을 떠올려보십시오. 그 체험이 그때 당신에
게 어떻게 작용하여 어떤 결과를 낳았는지 되돌아보십시오.

미래의 새집 그려보기

눈을 감고 편안히 앉으십시오.

전 배우자와 함께 살았던 집을 자세히 떠올리십시오. 집이 어
떻게 보입니까? 당신은 특별히 어떤 일을 좋아했나요? 기꺼이
포기할 수 있었던 것은 무엇이었나요?

상상 속에서 다시 한 번 집 안을 걸어 다니십시오. 분위기는 어
떤가요? 당신이 특별히 아끼고 좋아했던 물건들과 작별하십시오.
물건을 하나하나 다시 한 번 만져보는 상상을 할 수도 있습니다.

이제 그 집을 떠나십시오. 뜰이나 낯익은 주변과도 작별하십
시오. 천천히 그곳을 떠나는 모습을 그리십시오.

무대 위에 어두운 색깔의 커튼을 치십시오. 이제 새로운 장이
시작됩니다. 숨을 깊이 들이마시고 내쉬십시오. 그리고 자신에게

말하십시오. "오늘 나는 내 미래를 연다."

상상 속에서 집 한 채를 지으십시오. 당연히 성공적인 미래를 상징할 만한 커다란 저택이어야 하겠지요. 방은 몇 개나 됩니까? 당신이 가장 좋아하는 방은 어떻게 꾸몄습니까? 이 집에서 당신은 어떤 옷을 즐겨 입을까요? 손님맞이는 어떻게 하겠습니까? 방문한 사람들은 이 집의 어디를 보고 알아차릴까요? 당신이 자신의 삶을 다시 꾸려나가고 그/그녀 없이도 부족함 없이 잘 살 수 있다는 것을!

예식을 마치십시오. 당신이 지금 살고 있는 집을 주의 깊게 둘러보십시오. 바로 눈에 띄는 물건의 위치를 약간 옮겨보십시오.

목표

달라진 현실을 시인하고 실제로 변화하겠다고 결심합니다.

권고

현재의 상황이 비록 과도기라고 여겨진다고 해도, 내면을 아늑하게 꾸미고 실제로 기분 좋게 느낄 수 있습니다. 감각이 뛰어난 실내장식가가 되어 내면을 아름답게 장식하십시오. 그곳은 당신만을 위한 특별한 공간입니다. 어느 누구도 들어오지 못합니다.

자연 속으로

가까운 길을 산책하면서 마음에 드는 큰 나무나 관목, 바위를 찾아보십시오. 당신이 고른 자연물은 집에서 그리 멀지 않은 곳에 있어야 합니다. 그래야 필요할 때마다 자주 찾아가 늘 교류할 수 있으니까요.

당신이 고른 대상물을 면밀히 관찰하십시오. 그 자연물은 무슨 색입니까? 어떤 모양인가요? 그곳에 잠시 머무르며 당신이 그 대상물과 어떻게 교류하는지 느껴보십시오. 자연물을 만질 때 어떤 느낌이 드는지 주목하십시오. 아마도 눈을 감고 청하겠지요. 새로운 길을 가는 데 응원이 될 메시지를 달라고.

집으로 돌아오십시오. 긴장을 풀고 앉으십시오. 눈을 감고 그 자연물을 떠올리십시오. 무슨 색을 띠었는지 떠오릅니까? 어떤 느낌이 드나요? 주변을 하나하나 인지하십시오. 상상 속에서 그 자연물과 교류하십시오. 자연물을 생명체로 그려보십시오. 이제 그 생명체와 대화하는 것입니다. 생각 속에서 물음을 던지며 어떤 대답이 들리는지 주의를 기울이십시오. 상상 속에서 자주 그랬던 것처럼, 자연 속에 있는 그 대상물에게 실제로 가십시오. 당신과 그 자연물 사이에 긍정적인 에너지 장(場)을 구축하십시오.

자연은 우리가 의식적으로 활용할 수 있는 에너지원입니다. 자연 속에 머무는 가운데 우리는 일상을 짓누르는 생각에서 벗어나고 희망과 신뢰를 쌓아올릴 수 있습니다. 살아 숨쉬는 자연을 적극 활용하며 교류하면서 내면의 지혜가 주는 메시지에 마음을 활짝 열 수 있습니다.

권고

- 당신이 고른 자연물 주변에 있는 물체(마른 나무껍질, 나뭇가지, 돌 따위)를 집으로 가져오십시오. 그것을 손 위에 올려놓으십시오. 그 천연물에 집중하며 영상을 떠올려보십시오.
- 특별한 장소를 사진으로 찍어보십시오. 새로운 모험을 계획하기 전에 그 사진을 가져오십시오. 사진을 그냥 바라보며 당신이 '지금 여기에' 있다는 사실, 과거는 이미 오래전에 끝났다는 사실을 되새깁니다.

Chapter **1 5**

"자유로운 것이야말로 새로운 삶이라네."

이별의 끝에서
만나는 명상

명상은 이별을 인정하고 떠난 사람을 내려놓는 길의 마지막에 있습니다. 명상을 하면서 이제 새로운 길을 혼자 걸어갈 마음의 준비를 마치게 될 것입니다. 마음에 드는 명상 글을 다른 사람 앞에서 읽거나 녹음을 하십시오. 힘든 일이 생길 때마다 명상 글을 들으며 심리적 거리를 둘 수 있습니다.

의자에 앉거나 바닥에 편히 누우십시오. 숨결과 교류하십시오. 숨을 들이쉬고 내쉴 때마다 올라갔다 내려갔다 하는 배의 움직임을 느껴보십시오.

눈을 감고 문을 떠올리십시오. 문을 열고 들어가니 안에는 당신 곁을 떠난 이가 서 있네요. 그/그녀가 당신에게 뭐라고 합니까? 당신은 그/그녀에 대해 무슨 생각을 합니까? 그/그녀를 마주보는 동안 어떤 느낌이 듭니까? 그/그녀의 눈을 바라보십시오. 눈빛이 어떤가요? 어떤 빛이 흘러나오나요?

상상 속에서 그/그녀와 대화하십시오. 마음속에 있는 것을 모두 털어놓으십시오. 소원이나 그리움, 비난 등 무엇이든 좋습니다. 그런 다음에 작별의 말을 건네십시오. 그/그녀에게 다음과 같이 말해보십시오.

나는 당신과 완전히 작별하고 내 길을 찾을 거예요.

혹은

나는 성숙한 자세로 도전할 거예요.

이 대목에서 당신 자신에게 말하는 문장을 추가할 수 있습니다.

당신의 말

이제 문을 닫는 장면을 그려보십시오. 당신을 도와주는 존재, 아마도 당신을 잘 아는 누군가가 동행합니다. 혹은 수호천사나 지혜로운 노인, 노파 같은 상상의 존재가 당신과 함께 걸어갑니다. 그 든든하고 고마운 존재가 뒤에 서서 당신이 어긋난 방향으로 갈 것 같으면 재빨리 당신의 발길을 돌려놓습니다.

눈부시게 아름다운 풀밭을 떠올려보십시오. 당신이 자주 갔던 초원을 떠올릴 수도 있고, 아직 한번도 가본 적이 없는 초원을 그려볼 수도 있겠지요. 비가 그친 뒤 내리쬐는 햇살이 풀잎에 맺힌 물방울을 영롱히 비추고 있습니다. 하늘에는 커다란 무지개도 나타나 반원을 그리고 있습니다.

풀밭 위로 뻗은 오솔길을 걸어 작은 호숫가로 가는 장면을 상상해보십시오. 옷을 벗고 차가운 물속으로 들어가 상쾌한 기분을 느끼십시오. 물에는 치유 효과가 있습니다! 당신은 깨끗한 물로 정화되고 치유됩니다. 새로운 활력이 몸 안으로 흘러들어오는 것을 느낍니다. 물결이 일듯, 당신의 삶에도 리듬과 움직임, 변화가 일어나고 있다는 것을 의식하십시오.

이제 물에서 나오십시오. 따뜻한 햇볕이 당신을 감싸며 젖은 몸을 말려줍니다. 편히 쉴 만한 장소를 찾고 있는데, 어떤 멜로디가 들리는 것 같습니다. 누군가 이런 노래를 부르네요. "자유로운 것이야말로 새로운 삶이라네."

숨을 들이쉴 때마다 '자유'라는 단어를 떠올리고, 숨을 내쉴 때는 '자유로운 상태'라는 말을 생각하십시오. 숨을 여러 번 내쉬고 들이쉬십시오.

그런 다음에 손가락과 팔과 다리를 움직이면서 명상을 끝내십시오.

명상 평가

– 내면의 여행을 하는 동안 어느 부분이 가장 좋았습니까? 별로 유쾌하지 않은 부분은 어디였나요?

- 어느 대목에서 명상을 중단하고 싶었습니까?
- 사랑하는 사람과 헤어진 뒤 자신의 길을 수월하게 걸어가려면
  일상에서 어떤 상상을 해야 마음이 굳세어질까요?

권고

- 체험한 내용을 '새로운 길' 일기장에 적으십시오. 새로운 체험
  을 할 때마다 떠오르는 영상과 생각은 매번 다를 겁니다. 자신
  의 변화 과정을 오랜 기간에 걸쳐 관찰하는 일은 매우 유익합
  니다.
- 곤경에 처할 때마다 자신이 차갑고 깨끗한 물속으로 들어가 온
  갖 근심을 씻어내는 모습을 상상하십시오.

Chapter 16

어떤 고난이 닥치더라도

당신은 에너지와 강점, 믿음, 용기를 지니고 있다는 사실을

절대로 잊지 마십시오.

이별과 작별한 당신,
다시 아침 길 위에서

이 책의 서두에서 우리는 칼릴 지브란이 남긴 명언을 읽었습니다. "어두운 밤길을 지나야 새벽빛을 맞는다."

이 문장을 큰 소리로 읽어보십시오. 잠시 눈을 감으십시오. 지금 내면에서 떠오르는 영상과 생각, 감정을 관찰하십시오.

당신은 어두운 순간들을 경험했고, 오랜 시간 혼자서 자신의 감정과 대면했습니다. 이 책을 읽으며 당신은 새로운 경험을 많이 하면서 앞으로 나아갔습니다. 멈춘 적이 없었지요. 기억이 되살아나며 변했습니다. 불안이 엄습했습니다. 처음에는 위축되었지만 새롭게 도전해볼 용기가 생겼습니다. 여러 가지 감정이 몰려왔습니다. 마치 어두운 터널을 통해 측정하기 어려운 심연으로 내려가는 듯한 느낌이 들었지요. 당신은 자신의 방식에 따라 어두운 밤길을 걷다가 아직 잘 모르는 목표, 아직 정확히 말할 수 없는 목표를 향해 한 걸음 한 걸음 발을 내디뎠습니다. 그런 가운데 고독하다는 생각, 어디에도 의지할 데가 없다는 생각이 든 적이 많았겠지요. 반면에 오기가 생기면서 모든 것을 감행해보겠다는 마음의 준비도 했을 겁니다. 다양한 예식을 하면서 치유되고 위로받고 싶다는 욕구가 일어났기도 했을 터이고, 새로운 자극도 받았을 겁니다. 더 나아가면서 생각과 예감, 꿈, 정서적 인지에 관한 여러 가지 지침과도 거듭거듭 만났습니다.

당신은 이제 변했습니다! 이제 새로운 길을 향해 걸으면서 다른 방향으로 나아갈 것입니다. 마음을 다시 활짝 열고 새로운 일에 도전하겠지요. 언젠가 동이 튼다는 것을 깨닫게 되고 그래서 희망을 찾았을 때, 지금 힘겹게 걷고 있는 어두운 밤길도 마침내 통과할 수 있습니다. 시간이 지나면 밤길은 끝납니다. 당장은 고통스럽겠지만 그 길은 당신을 성장과 변화로 이끄는 탄탄한 길입니다.

이제 마음이 어떻습니까? 길을 걸으며 무엇을 느꼈습니까? 당신은 아직 얼마나 많은 짐을 끌며 가고 있습니까? 다음 여행을 위해 어떤 장비를 갖추었다고 생각하십니까? 당신이 다음에 걸어갈 길은 어느 방향으로 나 있나요? 어떤 장비가 더 필요하고 무엇을 가져가야 좋을까요? 이 힘겨운 여정에서 위로받고 치유되려면 어떤 생각을 품어야 할까요? 어떤 생각이 당신을 든든히

떠받쳐줄까요?

　지금까지 우리가 함께한 여행은 제 말이 아니라 당신의 말로
끝나야 하겠지요.

　다음에 걸어갈 길에 대한 당신의 생각은

　어떤 고난이 닥치더라도 당신은 에너지와 강점, 믿음, 용기를
지니고 있다는 사실을 절대로 잊지 마십시오. 아무쪼록 밤길을
지나 찬란히 빛나는 아침을 맞이하시기 바랍니다.

인생은 결국 혼자
떠나는 여행

우리는 살아가면서 다양한 관계를 맺습니다. 그런데 오랫동안 유지해온 관계에 금이 갈 때 드는 상실감은 너무나 큽니다. 특히 연인이나 부부 같은 남녀 관계가 깨지며 생기는 상처는 무척 깊고 오래갑니다. 깨끗하게 단번에 사라지지 않습니다. 그 상처를 오래 만지게 됩니다. 상실의 아픔이 영영 회복되지 않는 경우도 많습니다. 사실 마음이 다치는 일보다 더 큰 상처도 없지요.

이 책에서 저자는 처음부터 끝까지 사랑의 상처를 입은 이들의 손을 따뜻하게 잡아주며 참으로 깊은 애정으로 안내하며 따라오도록 초대합니다. 그러면서 자신과 자신이 처한 상황을 똑바로 바라보고 진단하며 당면한 문제를 극복하는 능력을 강화하도록 이끌어주며 울림 깊은 메시지를 전합니다. 저자는 현재의 고통을 내적 성장과 배움의 기회로 여기라고 누누이 강조하며, 당사자들이 이별에 잘 대처하며 마음의 상처를 딛고 내면의 잠재된 에너지를 끌어내어 긍정적인 변화가 일어나도록 많은 동기를 부여합니다. 그 과정에서 용기를 내어 실연의 상처와 이혼의 아픔을 바라보고 내면의 진실과 대면하도록 이끌어줍니다. 문제를 풀고 상처를 치유하는 열쇠는 바로 자기 자신이 쥐고 있으니까요. 저자는 당사자들이 자신을 성찰하고 위로하면서 자존감을 잃지 않고 새로운 전망을 지니도록 고무하고 많은 용기를 불어넣어줍니다.

자신의 상처가 얼마나 깊은지 깨달았다는 것은 그 상처를 치유할 능력이 있다는 뜻입니다. 따라서 마음이 지닌 치유 능력을 신뢰하면 좋겠습니다. 내면의 힘인 마음을 활용하여 상처를 보살피고 상처가 지닌 파괴력도 없앨 수 있습니다. 그리고 새로운 삶을 위한 토대도 마련할 수 있습니다. 이를 위해 저자는 상상력을 적극 활용할 것을 권고하며, 이 책의 백미이기도 한 65가지 예식을 소개합니다. 다양한 예식 가운데 현재 자신에게 몰려오는 부정적인 생각과 감정에 맞는 부분을 찾아서 책의 안내에 따라 자주 연습하면 좋겠습니다. 그냥 읽지만 말고 꼭 연습하시기를 당부합니다. 생각은 변화를 일으키는 엄청난 위력을 지니고 있으니까요.

긴 인생을 놓고 볼 때, 삶에는 다양한 변수가 존재하기 마련입니다. 당혹스럽게도 전혀 예측하지 못한 일이 일어날 때도 종종 있지요. 삶이란 어쩌면 떠남의 연속일지도 모르겠습니다. 그리고 보면 인생은 결국 '혼자 떠나는 여행'입니다. 이때 혼자라는 것이 긍정적인 관점으로 보면 반전의 기회가 되지요. 새로운 삶을 위한 자원과 가능성을 찾아내는 기회인 것입니다. 도전이 시련임은 분명하지만, 내가 기꺼운 마음으로 내일의 도약을 위한 도전으로 받아들이면 된다고 생각합니다.

사랑하는 사람과 헤어진 뒤에도 삶은 계속됩니다. 인생의 끝이 아닙니다. 이별을 받아들이기는 힘들지만, 저자가 강조하듯 고통을 통해 변화를 이끌어낼 수 있고 새로운 시작이 되기도 합니다. 상처의 아픔을 따뜻하게 감싸주며 안내하는 이 책을 지침서 삼아, 적극적인 자세로 노력하는 가운데 아픔의 후유증을 딛고 홀로서기를 할 수 있기 바랍니다. 최선은 언제나 진실입니다. 그리고 진실은 언젠가 통하는 법입니다.

인생에서 커다란 계기를 겪은 사람들, 그중에서도 결별로 인해 크게 상심한 이들에게 특별히 마음이 가면서 많은 도움이 되겠다는 생각에 이 책을 골라보았습니다. 좋은 글을 쓴 저자에게 존경을 표하며, 우리말로 나올 수 있도록 흔쾌히 허락해준 다산북스 출판사에도 깊이 감사드립니다.

2013년 봄이 오는 길목에서

황미하

– Basciano, Christina: *Trennungsschmerz. So gehen Sie mit dem Ende einer Beziehung besser um,* München: mvg. 2. Aufl. 2004

– Eberwein, Werner: *Den Traumpartner finden ⸺ denn alleine war ich lang genug. Selbsthypnose mit Musik,* München: Kösel 1998(CD)

– Ford, Debbie: *Trennung als Chance. Auseinander gehen, weitergehen, innerlich wachsen,* München: Heyne 2006

– Großhans, Lore: *Danke, dass du mich verlassen hast. Entdecken Sie Ihre Trennung als positive Wende in Ihrem Leben,* München: Goldmann 2001

– Jung, Mathias: *Trennung als Aufbruch. Bleiben oder gehen? Ein Ratgeber aus der Praxis,* München: dtv 2006

– Lüpkes, Sandra: *Ich verlasse dich. Ein Ratgeber für den, der geht,* Frankfurt/M.: Krüger, 5. Aufl. 2008

– Moseley, Doug; Moseley Naomi: *Neuer Partner, neues Glück. So gelingt Ihre nächste Beziehung.* Stuttgart: Klett-Cotta 2009

– Petri, Horst: *Verlassen und verlassen werden. Angst, Wut, Trauer und Neubeginn bei gescheiterten Beziehung.* Stuttgart: Kreuz 2005

– Poulter, Stephan: *Der Ex-Faktor. 6 Strategien für ein neues Leben nach der Trennung,* Weinheim: Beltz 2010

– Rabaa, Volker: *Trennung. Scheidung. Scheidungsfolgen. Rat vom Scheidungsanwalt,* Heimsheim: printsystem Medienverlag, 2 Aufl. 2008

– Voelchert, Mathias: *Trennung in Liebe ⸺ damit Freundschaft bleibt,* München: Kösel, 3. Aufl. 2010

– Webb, Dwight: *Ab heute ohne dich. 50 Tipps für ein Leben nach der Trennung.* München: Piper, 3. Aufl. 2008

– Wolf, Doris: *Wenn der Partner geht. Wege zur Bewältigung von Trennung und Scheidung.* Mannheim: Pal, 17. Aufl. 2004

스스로 행복해지는 이별 심리 치유서

다시 혼자가 된 당신에게

초판 1쇄 발행 2013년 1월 28일
초판 2쇄 발행 2015년 12월 2일

지은이 기나 케스텔레
옮긴이 황미하
펴낸이 김선식

경영총괄 김은영
마케팅총괄 최창규
콘텐츠개발1팀장 류혜정 **콘텐츠개발1팀** 한보라, 박지아, 봉선미, 김희연
마케팅본부 이주화, 이상혁, 최혜령, 박현미, 이승민, 정명찬, 김선욱, 이소연
경영관리팀 송현주, 권송이, 윤이경, 임해랑

펴낸곳 다산북스 **출판등록** 2005년 12월 23일 제313-2005-00277호
주소 경기도 파주시 회동길 37-14 3, 4층
전화 02-702-1724(기획편집) 02-6217-1726(마케팅) 02-704-1724(경영지원)
팩스 02-703-2219 **이메일** dasanbooks@dasanbooks.com
홈페이지 www.dasanbooks.com **블로그** blog.naver.com/dasan_books
종이 한솔피엔에스 **인쇄·제본** 갑우문화사 **후가공** 이지앤비 특허 제10-1081185호

ISBN 978-89-6370-934-5 (03850)